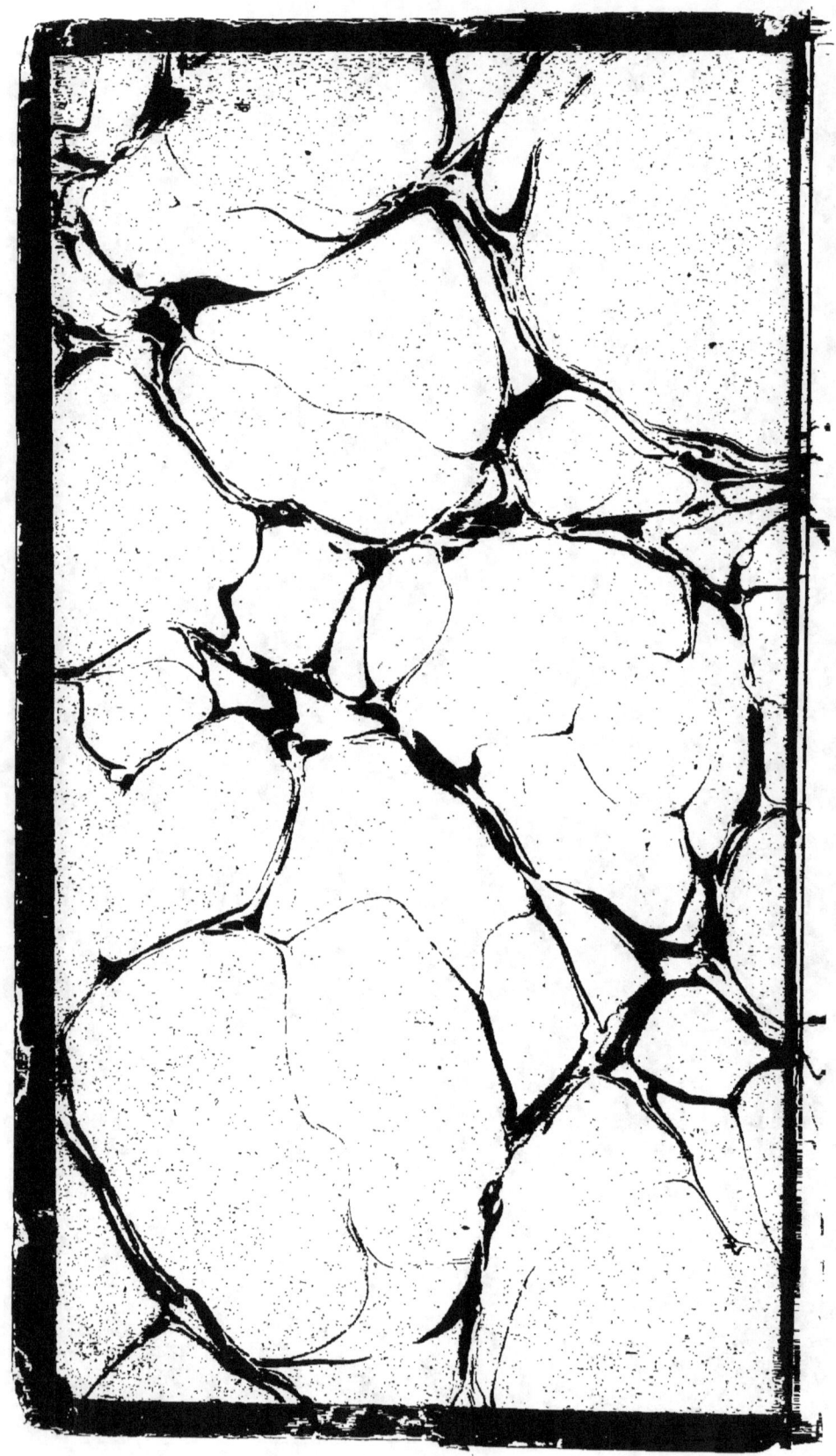

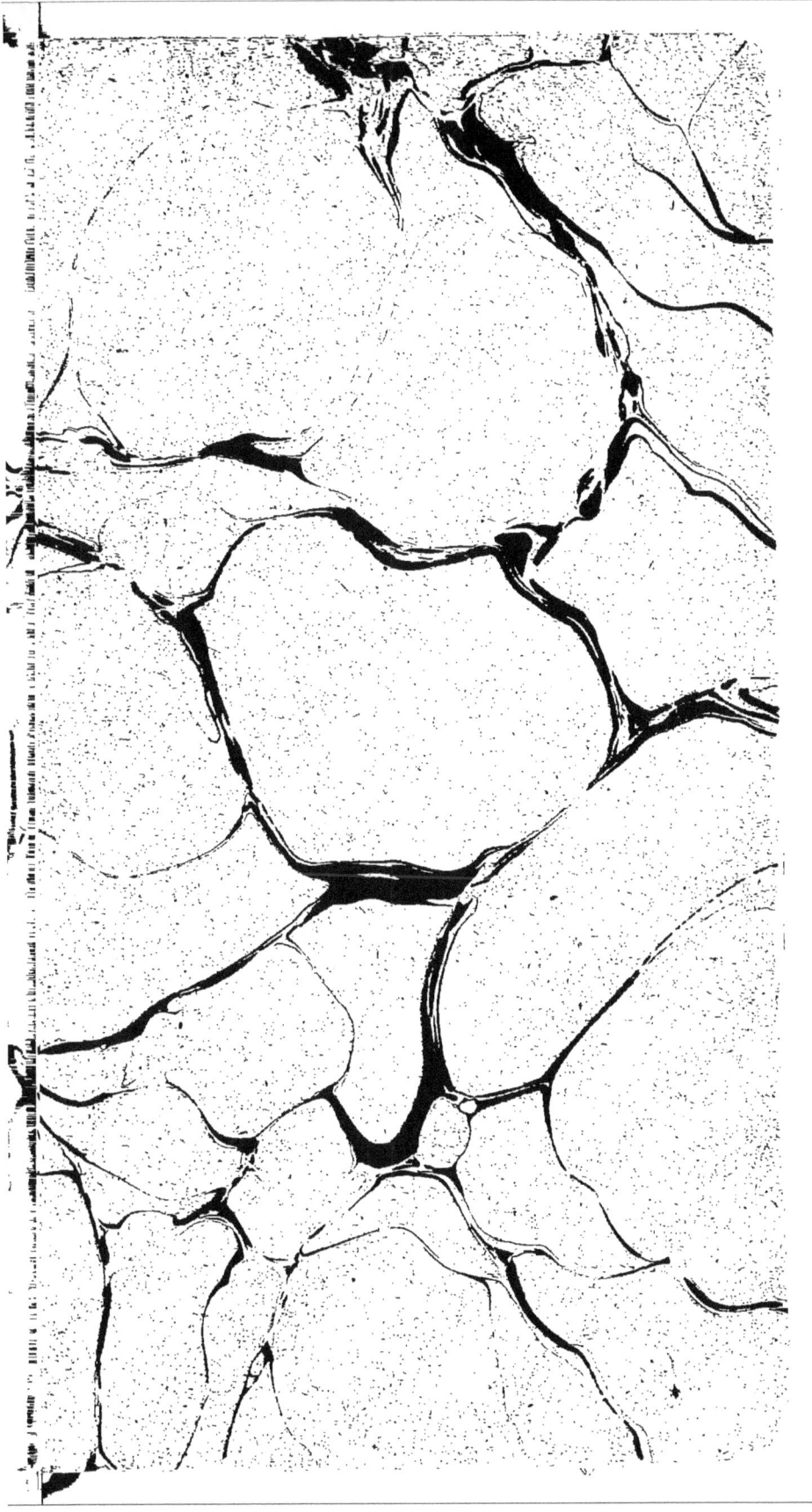

ŒUVRES

DE

J. BARBEY D'AUREVILLY

OEUVRES

DE

J. BARBEY D'AUREVILLY

DU DANDYSME ET DE G. BRUMMEL

MEMORANDA

FAC ET SPERA

PARIS

ALPHONSE LEMERRE, ÉDITEUR

27-31 PASSAGE CHOISEUL 27-31

M DCCC LXXXVII

Du Dandysme

DE GEORGES BRUMMELL

A

M. CÉSAR DALY

DIRECTEUR

de *la Revue de l'Architecture*.

Mon cher Daly,

Il y a dix-sept ans que je vous écrivais :

« Pendant que vous voyagez, mon cher Daly, et que le souvenir de vos amis ne sait où vous prendre, voici quelque chose (je n'ose pas dire un livre) qui vous attendra à votre seuil. C'est la statuette d'un homme qui ne mérite guère que d'être représenté en statuette : curiosité de mœurs et d'histoire, bonne à mettre sur l'étagère de votre cabinet de travail.

« Brummell n'appartient pas à l'histoire politique

de l'Angleterre. Il y a touché par ses liaisons; mais
il n'y entre pas. Sa place est dans une histoire
plus haute, plus générale et plus difficile à écrire,
— l'histoire des mœurs anglaises, — car l'histoire
politique ne contient pas toutes les tendances sociales, et toutes doivent être étudiées. Brummell a
été l'expression d'une de ces tendances; autrement
son action serait inexplicable. La décrire, la creuser,
montrer que cette influence n'était pas seulement
à fleur de terre, pourrait être le sujet d'un livre que
Beyle (Stendhal) a oublié d'écrire et qui eût tenté
Montesquieu.

« Malheureusement je ne suis ni Montesquieu ni
Beyle, ni aigle ni lynx; mais j'ai tâché pourtant de
voir clair dans ce que beaucoup de gens, sans doute,
n'eussent pas daigné expliquer. Ce que j'ai vu, je
vous l'offre, mon cher Daly. Vous qui sentez la
grâce comme une femme et comme un artiste, et
qui, comme un penseur, vous rendez compte de
son empire, j'aime à vous dédier cette étude sur un
homme qui tira sa célébrité de son élégance. Je
l'aurais faite sur un homme qui eût tiré la sienne
de la force de sa raison, que, grâce à la richesse de
vos facultés, j'aurais eu bon air de vous la dédier
encore.

« Acceptez donc ceci comme une marque d'amitié
et un souvenir des jours, plus heureux que les jours
actuels, où je vous voyais davantage.

« Votre dévoué,

« J.-A. BARBEY D'AUREVILLY »

« Passy, villa Beauséjour,
     19 septembre 1844 »

Eh bien! mon ami, cette dédicace, *d'il y a dix-sept ans,* je n'en changerai pas un seul mot aujourd'hui, et c'est la première fois que dix-sept ans n'auront rien changé à quelque chose!

Qu'elle reste tout entière ici, comme l'amitié dont elle fut l'expression et qui est restée immuable en nous, sans vide et sans nuage! Je n'ai pas toujours été aussi heureux qu'avec vous, colonne debout dans mes ruines! Dix-sept ans! Vous savez comme ce misérable Tacite, toujours insupportable parce qu'il est vrai toujours, appelle ce long espace de jours, dont il eût peut-être valu mieux me taire, si, dans la tristesse d'avoir vécu, je n'avais pas du moins cette joie, mon cher Daly, de pouvoir dire que je suis identiquement pour vous ce que j'étais il y a déjà tant d'années, et, puisque tout est fatuité en ce livre, de m'y *vanter* de mes sentiments immortels!

J.-A. Barbey d'Aurevilly

Paris, 29 septembre 1861

PRÉFACE

DE LA SECONDE ÉDITION.

C'est à peine une seconde édition que ce livre. Tiré à quelques exemplaires, il fut donné, il y a plusieurs années, de la main à la main, à quelques personnes, et cette espèce de publicité intime et mystérieuse lui porta bonheur. La grande, qu'on ose aujourd'hui, lui sera-t-elle aussi favorable?... Le bruit, cette chose légère, est comme les femmes : il vient quand on a l'air de fuir. Dans ce diable de monde, peut-être que le meilleur moyen de se faire du succès serait d'organiser des indiscrétions.

Mais l'auteur n'avait pas tant de profondeur quand il publia cette babiole. Alors, il se préoccupait assez peu de choses et de bruit littéraires. Ah! bien oui! il avait d'autres toilettes à faire que celles de sa pensée, et d'autres soucis que d'être lu! Les

soucis de ce temps-là, du reste, il s'en moque très
bien aujourd'hui, car voilà la vie. N'est-elle pas
toute dans cet échange, qui recommence toujours,
d'un souci contre une moquerie?... L'auteur du
Dandysme et de Georges Brummell n'était pas un
Dandy (et la lecture de ce livre montrera suffisam-
ment pourquoi), mais il était à cette époque de la
jeunesse qui faisait dire à lord Byron, avec sa mélancolique ironie : « Quand j'étais un beau aux
cheveux bouclés »...; et à ce moment-là, la gloire
elle-même ne pèserait pas une de ces boucles! Il
écrivit donc sans prétention d'auteur — il en avait
d'autres, soyez tranquille! le diable n'y perdait
rien, — ce tout petit livre, uniquement pour se
faire plaisir à lui-même et aux trente personnes,
ces amis inconnus, dont on n'est pas très sûr, et
qu'on ne peut guère, sans fatuité, se vanter d'avoir
à Paris. Comme il n'en manquait pas (de fatuité),
il crut les avoir, et de fait il les eut. Qu'on lui
permette de le dire, car il est devenu modeste, il
eut sa trentaine de lecteurs pour sa trentaine
d'exemplaires. Ce ne fut pas le Combat, mais la
sympathie des Trente!

Si le livre en question avait été sur quelque
grande chose ou sur quelque grand homme, pas de
doute qu'il n'eût sombré net, avec ses quelques
exemplaires, dans ce silence de l'inattention qui
est dû et toujours payé à ce qui est grand par ce
qui est petit, mais il était sur un homme frivole
et qui avait passé pour le type le plus accompli de

la frivolité élégante, dans une société difficile. Or
tout le monde, dans le monde, se croit ou veut
être élégant... Ceux même qui y ont renoncé
veulent au moins s'y connaître, et voilà pourquoi il
fut lu. Des sots, que je ne nommerai pas, se van-
tèrent de l'avoir compris. Moi, j'affirme à mon
éditeur qu'ils l'achèteront. Fatuité de partout! La
fatuité, qui a fait le premier succès, fera le second
de cette chosette sur la première page de laquelle
on a été tenté d'écrire cette impertinence : « D'un
fat, par un fat, à des fats; » car tout fait glace
aux fats, et ceci est un miroir pour eux. Beaucoup
viendront se regarder là-dedans et y peigner leur
moustache, les uns pour s'y reconnaître, et les
autres pour s'y faire... Brummells !

Il est vrai que ce sera inutile. On ne se fait pas
Brummell. On l'est ou on ne l'est pas. Souverain
futile d'un monde futile, Brummell a son droit
divin et sa raison d'être comme les autres rois. Seulement, puisqu'on a fait croire dans ces derniers
temps à ces badauds de peuples qu'ils étaient souverains, pourquoi les populaces de salon n'auraient-
elles pas leurs illusions, comme les populaces de la
rue ?

Et d'autant que ce petit livre les en guérira.
Elles y verront que Brummell était une individualité
des plus rares qui s'était donné uniquement la peine
de naître, mais à qui, pour se développer, il fallait
encore l'avantage d'une société très aristocratique-
ment compliquée. Elles y verront ce qu'il faut de

2

choses... qu'elles n'ont pas, pour être Brummell !
L'auteur du Dandysme a essayé de faire le compte
de ces choses : riens tout-puissants par lesquels on
ne gouverne pas que des femmes ; mais il savait
bien, en le faisant, que ce n'était pas un livre de
conseil que son livre, et que les Machiavels de
l'élégance seraient encore plus niais que les Machiavels de la politique... qui le sont déjà tant !
Il savait enfin qu'il n'y avait là qu'un morcelet
d'histoire, un fragment archéologique, bon à
mettre, comme une curiosité, sur la toilette d'ôr
des fats de l'avenir, — s'ils en ont ; car le Progrès,
qui est en train, avec son économie politique et sa
division territoriale, de faire de la race humaine
une race de pouilleux, ne détruira pas les fats,
mais pourrait bien supprimer leurs toilettes à la
d'Orsay, — comme inégalitaires et scandaleuses.

Dans tous les cas, voici le livre, tel qu'il a été
écrit. On n'en a rien modifié, rien effacé. On y a
seulement piqué, çà et là, une ou deux notes. La
gravité de son temps, qui l'a fait souvent rire, n'a
pas assez atteint l'auteur du Dandysme pour qu'il
regarde ce petit livre, léger de ton, peut-être (il le
voudrait bien, il n'est pas dégoûté !), comme une
fredaine de sa jeunesse et pour s'en excuser aujour-
d'hui. Par exemple ! non. Il serait même bien capable, si on le poussait, de soutenir aux plus haut
encornés parmi messieurs les Graves, que son livre
est aussi sérieux que tout autre livre d'histoire. En
effet, que voit-on ici, à la clarté de cette bluette ?...

L'homme et sa vanité, le raffinement social et des influences très réelles, quoique incompréhensibles à la Raison toute seule, cette grande sotte, mais d'autant plus attirantes qu'elles sont plus difficiles à comprendre et à pénétrer. Or, quoi de plus grave que tout cela, même au point de vue supérieur de ceux-là qui sont le plus détachés et détournés du monde, de ses pompes et de ses œuvres, et qui en ont le plus méprisé le néant?... Interrogez-les ! Est-ce qu'à leurs yeux toutes les vanités ne se valent pas, quelque nom qu'elles portent et quelque sima-grée qu'elles fassent? Si le Dandysme avait existé de son temps, Pascal, qui fut un Dandy comme on peut l'être en France, aurait donc pu en écrire l'histoire avant d'entrer à Port-Royal : Pascal, l'homme au carrosse à six chevaux ! Et Rancé, un autre tigre d'austérité, avant de s'enfoncer dans les jungles de sa Trappe, nous aurait peut-être traduit le capitaine Jesse (1) au lieu de nous traduire Anacréon ; car Rancé fut un Dandy aussi, — un Dandy prêtre, ce qui est plus fort qu'un Dandy mathématicien, et voyez l'influence du Dandysme ! Dom Gervaise, un religieux grave, qui a écrit la vie de Rancé, nous a laissé une description char-mante de ses délicieux costumes, comme s'il avait voulu nous donner le mérite d'une tentation à la-quelle on résiste, en nous donnant l'envie atroce de les porter :

(1) C'est l'*avant-dernier* historien de Brummell.

Ce qui ne veut pas dire, du reste, que l'auteur présent du Dandysme se croie d'aucune manière Pascal ou Rancé. Il n'a jamais été et ne sera jamais janséniste, et il n'est pas trappiste... encore !

J.-A. BARBEY D'AUREVILLY

DU DANDYSME

ET DE

G. BRUMMELL

I

Les sentiments ont leur destinée. Il en est un contre lequel tout le monde est impitoyable : c'est la vanité. Les moralistes l'ont décriée dans leurs livres, même ceux qui ont le mieux montré quelle large place elle a dans nos âmes. Les gens du monde qui sont aussi des moralistes à leur façon, puisque vingt fois par jour ils ont à juger la vie,

ont répété la sentence portée par les livres contre
ce sentiment, à les entendre, le dernier de tous.

On peut opprimer les choses comme les hommes. Cela est-il vrai, que la vanité soit le dernier
sentiment dans la hiérarchie des sentiments de
notre âme? Et si elle est le dernier, si elle est à
sa place, pourquoi la mépriser?...

Mais est-elle même le dernier? Ce qui fait la
valeur des sentiments, c'est leur importance sociale; quoi donc, dans l'ordre des sentiments,
peut être d'une utilité plus grande pour la société
que cette recherche inquiète de l'approbation des
autres, que cette inextinguible soif des applaudis-
sements de la galerie, qui, dans les grandes
choses, s'appelle *amour de la gloire*, et dans les
petites, *vanité*? Est-ce l'amour, l'amitié, l'orgueil?
L'amour, dans ses mille nuances et ses nombreux
dérivés, l'amitié et l'orgueil même, partent d'une
préférence pour un autre, ou plusieurs autres, ou
soi, et cette préférence est exclusive. La vanité,
elle, tient compte de tout. Si elle préfère parfois
de certaines approbations, c'est son caractère et
son honneur de souffrir quand une seule lui est
refusée; elle ne dort plus sur cette rose repliée.
L'amour dit à l'être aimé : Tu es mon univers;
l'amitié: Tu me suffis; — et bien souvent: Tu me
consoles. Quant à l'orgueil, il est silencieux. Un
homme d'un esprit éclatant disait : « C'est un
roi solitaire, oisif et aveugle; son diadème est sur
ses yeux. » La vanité a un univers moins étroit

que celui de l'amour ; ce qui suffit à l'amitié n'est
pas assez pour elle. C'est une reine aussi comme
l'orgueil est roi ; mais elle est entourée, occupée,
clairvoyante, et son diadème est placé là où il
l'embellit davantage.

Il fallait bien dire cela avant de parler du Dandysme, fruit de cette vanité qu'on a trop flétrie,
et du grand vaniteux Georges Brummell.

II

QUAND la vanité est satisfaite et qu'elle le montre, elle devient de la fatuité. C'est le nom assez impertinent que les hypocrites de modestie — c'est-à-dire tout le monde — ont inventé, par peur des sentiments vrais. Ainsi ce serait une erreur que de croire, comme on le croit peut-être, que la fatuité est exclusivement de la vanité montrée dans nos relations avec les femmes. Non, il y a des fats de tout genre : il y en a de naissance, de fortune, d'ambition, de science ; Tufière en est un, Turcaret un autre ; mais comme les femmes occupent beaucoup en France, on a surtout donné le nom de fatuité à la vanité de ceux qui leur plaisent et qui se croient irrésistibles. Seulement, cette fatuité, commune à tous les peuples chez qui la femme est quelque chose, n'est point cette autre espèce qui, sous le nom de *Dandysme*, cherche depuis quelque temps à s'ac-

climater à Paris. L'une est la forme de la vanité
humaine, universelle ; l'autre, d'une vanité particulière et très particulière : de la vanité anglaise.
Comme tout ce qui est universel, humain, a son
nom dans la langue de Voltaire, ce qui ne l'est
pas on est obligé de l'y mettre, et voilà pourquoi
le mot *Dandysme* n'est pas français.

Il restera étranger comme la chose qu'il ex-
prime. Nous avons beau réfléchir toutes les couleurs, le caméléon ne peut réfléchir le blanc ; et
le blanc, pour les peuples, c'est la force même
de leur originalité. Nous posséderions plus grand
encore le pouvoir d'assimilation qui nous distingue, que ce don de Dieu ne maîtriserait pas cet
autre don, cette autre puissance — le pouvoir
d'être soi — qui constitue la personne même,
l'essence d'un peuple. Eh bien ! c'est la force de
l'originalité anglaise s'imprimant sur la vanité
humaine, — *cette vanité ancrée jusqu'au cœur des
marmitons*, — et contre laquelle le mépris de
Pascal n'était qu'une aveugle insolence, — qui
produit ce qu'on appelle le Dandysme. Nul
moyen de partager cela avec l'Angleterre. C'est
profond comme son génie même. Singerie n'est
pas ressemblance. On peut prendre un air ou une
pose comme on vole la forme d'un frac ; mais la
comédie est fatigante, mais un masque est cruel,
effroyable à porter, même pour les gens à caractère qui seraient les Fiesques du Dandysme, s'il
le fallait, à plus forte raison pour nos aimables

3

jeunes gens. L'ennui qu'ils respirent et inspirent
ne leur donne qu'un faux reflet de Dandysme.
Qu'ils prennent l'air dégoûté, s'ils veulent, et se
gantent de blanc jusqu'au coude, le pays de
Richelieu ne produira pas de Brummell.

III

Es deux fats célèbres peuvent se ressembler par la vanité humaine, universelle ; mais ils diffèrent de toute la physiologie d'une race, de tout le génie d'une société. L'un appartenait à cette race nervo-sanguine de France, qui va jusqu'aux dernières limites dans la foudre de ses élans ; l'autre descendait de ces hommes du Nord, lymphatiques et pâles, froids comme la mer dont ils sont les fils, mais irascibles comme elle, et qui aiment à réchauffer leur sang glacé avec la flamme des alcools *(high-spirits)*. Quoique de tempérament opposé, ils avaient tous les deux une grande force de vanité, et naturellement ils la prirent pour le mobile de leurs actions. Sur ce point, ils bravent également le reproche des moralistes qui condamnent la vanité au lieu de la classer et de l'absoudre. A-t-on lieu de s'en éton

ner quand on pense au sentiment dont il est question, écrasé depuis dix-huit cents ans sous l'idée
chrétienne du mépris du monde, qui règne encore
dans les esprits les moins chrétiens ? Et d'ailleurs
les gens d'esprit ne gardent-ils presque pas tous
dans la pensée quelque préjugé au pied duquel
ils font pénitence de l'esprit qu'ils ont ? C'est ce
qui explique le mal que les hommes qui se croient
sérieux, parce qu'ils ne savent pas sourire, ne
manqueront point de dire de Brummell. C'est ce
qui explique, plus encore que l'esprit de parti, les
cruautés de Chamfort contre Richelieu. Il l'a
attaqué avec son esprit incisif, brillant et veni-
meux, comme on perce avec un stylet de cristal
empoisonné. En cela, Chamfort, tout athée qu'il
fût, a porté le joug de l'idée chrétienne et, vaniteux lui-même, il n'a pas su pardonner au sentiment dont il souffrait, de donner du bonheur aux
autres.

Car Richelieu, comme Brummell, — plus
même que Brummell, — eut tous les genres de
gloire et de plaisir que l'opinion peut créer. Tous
les deux, en obéissant aux instincts de leur vanité
(apprenons à dire ce mot sans horreur) comme
on obéit aux instincts de son ambition, de son
amour, etc., ils réussirent ; mais l'analogie s'arrête là. Ce n'était pas assez que de différer par
le tempérament ; la société dont ils dépendent
apparaît en eux et, de nouveau, les fait contras-
ter. Pour Richelieu, cette société avait brisé tous

ses freins, dans sa soif implacable d'amusements;
pour Brummell, elle mâchait les siens avec ennui.
Pour le premier, elle était dissolue ; pour le second, hypocrite. C'est dans cette double disposition que se trouve surtout la différence qu'il y a
entre la fatuité de Richelieu et le dandysme de
Brummell.

IV

N effet, il ne fut qu'un Dandy. Avant
d'être le genre de fat que son nom
représente, Richelieu, lui, était un
grand seigneur dans une aristocratie
expirante. Il était général dans un pays militaire.
Il était beau à une époque où les sens révoltés
partageaient fièrement l'empire avec la pensée et
où les mœurs du temps ne défendaient pas ce qui
plaisait. En dehors de ce que fut Richelieu, on
peut concevoir Richelieu encore. Il avait pour lui
toutes les forces de la vie. Mais ôtez le Dandy,
que reste-t-il de Brummell? Il n'était propre à
être rien de plus, mais aussi rien de moins que
le plus grand Dandy de son temps et de tous les
temps. Il le fut exactement, purement; on dirait
presque naïvement, si l'on osait. Dans le pêle-
mêle social qu'on appelle une société par politesse,
presque toujours la destinée est plus grande que
les facultés, ou les facultés supérieures à la desti-

née. Mais pour lui, pour Brummell, chose rare, il
y eut accord entre la nature et le destin, entre le
génie et la fortune. Plus spirituel ou plus passionné, c'était Sheridan ; plus grand poète (car il
fut poète), c'était lord Byron ; plus grand sci-
gneur, c'était Yarmouth ou Byron encore : Yarmouth, Byron, Sheridan, et tant d'autres de cette
époque, fameux dans tous les genres de gloire,
qui furent Dandys, mais quelque chose de plus.
Brummell n'eut point ce quelque chose qui était,
chez les uns de la passion ou du génie, chez les
autres une haute naissance, une immense fortune.
Il gagna à cette indigence ; car, réduit à la seule
force de ce qui le distingua, il s'éleva au rang
d'une chose : il fut le Dandysme même.

V

ECI est presque aussi difficile à décrire qu'à définir. Les esprits qui ne voient les choses que par leur plus petit côté, ont imaginé que le Dandysme était surtout l'art de la mise, une heureuse et audacieuse dictature en fait de toilette et d'élégance extérieure. Très certainement c'est cela aussi; mais c'est bien davantage (1). Le Dan-

(1) Tout le monde s'y trompe, les Anglais eux-mêmes ! Dernièrement leur Thomas Carlyle, l'auteur du *Sartor resartus,* ne s'est-il pas cru obligé de parler du Dandysme et des Dandys dans un livre qu'il appelle la *Philosophie du costume (Philosophy of clothes)?* Mais Carlyle a dessiné une gravure de modes avec le crayon ivre d'Hogarth, et il a dit : « Voilà le Dandysme ! » Ce n'en était pas même la caricature, car la caricature outre tout et ne supprime rien. La caricature, c'est l'outrance exaspérée de la réalité, et la réalité du Dandysme est humaine, sociale et spi-

dysme est toute une manière d'être, et l'on n'est pas que par le côté matériellement visible. C'est une manière d'être, entièrement composée de

rituelle... Ce n'est pas un habit qui marche tout seul! au contraire, c'est une certaine manière de le porter qui crée le Dandysme. On peut être Dandy avec un habit chiffonné. Lord Spencer le fut bien avec un habit qui n'avait plus qu'une basque. Il est vrai qu'il la coupa et qu'il en fit cette chose qui, depuis, a porté son nom. Un jour même, le croirait-on ? les Dandys ont eu la fantaisie de l'*habit râpé*. C'était précisément sous Brummell. Ils étaient à bout d'impertinence, ils n'en pouvaient plus. Ils trouvèrent celle-là, qui était si *dandie!* (je ne sais pas un autre mot pour l'exprimer), de faire raper leurs habits, avant de les mettre, dans toute l'étendue de l'étoffe, jusqu'à ce qu'elle ne fût plus qu'une espèce de dentelle, — une nuée. Ils voulaient marcher dans leur nuée, ces dieux ! L'opération était très délicate et très longue, et on se servait, pour l'accomplir, d'un morceau de verre aiguisé. Eh bien ! voilà un véritable fait de Dandysme. L'habit n'y est pour rien. Il n'*est* presque *plus*.

Et en voici un autre encore : Brummell portait des gants qui moulaient ses mains comme une mousseline mouillée. Mais le Dandysme n'était pas la perfection de ces gants, qui prenaient le contour des ongles comme la chair le prend, c'était qu'ils eussent été faits par quatre artistes spéciaux, trois pour la main et un pour le pouce (*).

Thomas Carlyle, qui a écrit un autre livre intitulé

(*) *J'ai si bonne envie d'être clair et d'être compris que je risquerai une chose ridicule. Je mettrai une note dans une note. Le prince de Kaunitz, qui, sans être Anglais (il est*

4

nuances, comme il arrive toujours dans les sociétés très vieilles et très civilisées, où la comédie devient si rare et où la convenance triomphe à peine
de l'ennui. Nulle part, l'antagonisme des conve-

les Héros, et qui nous a donné le Héros Poète, le
Héros Roi, le Héros Homme de lettres, le Héros
Prêtre, le Héros Prophète et même le Héros Dieu,
aurait pu nous donner le Héros de l'élégance oisive,
— le Héros Dandy ; mais il l'a oublié. Ce qu'il dit,
du reste, dans le *Sartor resartus*, des Dandys en général, qu'il appelle du gros mot de *secte (Dandiacal
sect)*, montre assez qu'avec son regard embarbouillé
d'Allemand le Jean-Paul anglais n'eût rien vu de
ces nuances précises et froides qui *furent* Brummell.
Il en aurait parlé avec la profondeur de ces petits
historiens français qui, dans des Revues bêtement
graves, ont jugé Brummell à peu près comme l'auraient fait des bottiers ou des tailleurs qu'il eût dé-
daigné de faire travailler. Dantans de quatre sous,
qui ont taillé leur faux buste avec leur canif, dans
la pâte d'un savon de Windsor dont on ne voudrait
pas pour son bain !

*vrai qu'il était Autrichien), se rapproche le plus des Dandys
par le calme, la nonchalance, la frivolité majestueuse et
l'égoïsme féroce (il disait majestueusement : « Je n'ai pas un
ami ! » et ni la mort ni l'agonie de Marie-Thérèse n'avan-
cèrent l'heure de son lever et n'abrégèrent d'une minute le
temps qu'il donnait à ses indescriptibles toilettes) ; le prince
de Kaunitz n'était pas un Dandy quand il mettait un corset
de satin comme l'Andalouse d'Alfred de Musset, mais il
l'était quand, pour donner à ses cheveux la nuance exacte,
il passait dans une enfilade de salons dont il avait calculé
la grandeur et le nombre, et que des valets armés de houppes
le poudraient, seulement le temps qu'il passait !*

nances et de l'ennui qu'elles engendrent ne s'est
fait plus violemment sentir au fond des mœurs
qu'en Angleterre, dans la société de la Bible et du
Droit, et peut-être est-ce de ce combat à outrance, éternel, comme le duel de la Mort et du
Péché dans Milton, qu'est venue l'originalité profonde de cette société puritaine, qui donne, dans
la fiction, Clarisse Harlowe, et lady Byron dans la
réalité (1). Le jour où la victoire sera décidée, il
est à penser que la manière d'être qu'on appelle
Dandysme sera grandement modifiée, si elle
existe encore ; car elle résulte de cet état de lutte
sans fin entre la convenance et l'ennui (2).

Ainsi, une des conséquences du Dandysme, un
de ses principaux caractères — pour mieux parler, son caractère le plus général, — est-il de
produire toujours l'imprévu, ce à quoi l'esprit

(1) En écrivains, elle donne aussi des femmes
comme miss Edgeworth, comme miss Aikin, etc.
Voir les Mémoires de cette dernière sur Élisabeth :
style et opinions d'une pédante et d'une prude sur
une prude et sur une pédante.

(2) Inutile d'insister sur l'ennui qui mange le
cœur de la société anglaise, et qui lui donne, sur les
sociétés que ce mal dévore, la triste supériorité des
corruptions et des suicides. L'ennui moderne est fils
de l'analyse ; mais à celui-là, notre maître à tous,
se joint pour la société anglaise, la plus riche du
monde, l'ennui romain, fils de la satiété, et qui
multiplierait le nombre des Tibère à Caprée, moins
l'empire, si la moyenne proportionnelle des sociétés
était composée d'âmes plus fortes.

accoutumé au joug des règles ne peut pas s'attendre en bonne logique. L'Excentricité, cet autre
fruit du terroir anglais, le produit aussi, mais
d'une autre manière, d'une façon effrénée, sauvage, aveugle. C'est une révolution individuelle
contre l'ordre établi, quelquefois contre la nature :
ici on touche à la folie. Le Dandysme, au contraire, se joue de la règle et pourtant la respecte
encore. Il en souffre et s'en venge tout en la su-
bissant ; il s'en réclame quand il y échappe ; il la
domine et en est dominé tour à tour : double et
muable caractère ! Pour jouer ce jeu, il faut avoir
à son service toutes les souplesses qui font la
grâce, comme les nuances du prisme forment
l'opale, en se réunissant.

C'était là ce qu'avait Brummell. Il avait la
grâce, comme le ciel la donne et comme souvent
les compressions sociales la faussent. Mais enfin il
l'avait, et par là il répondait aux besoins de
caprice des sociétés ennuyées et trop durement
ployées sous les strictes rigueurs de la convenance.
Il était la preuve de cette vérité qu'il faut redire
sans cesse aux hommes de la règle : c'est que si
l'on coupe les ailes à la Fantaisie, elles repous-
sent plus longues de moitié (1). Il avait cette

---

(1) Voir dans les journaux américains l'enthousiasme inspiré par mademoiselle Essler aux descen-
dants des Puritains de la vieille Angleterre : une
jambe de danseuse tournant des Têtes-Rondes !

familiarité charmante et rare qui touche à tout et
ne profane rien. Il vécut de pair à compagnon
avec toutes les puissances, toutes les supériorités
de son époque, et, par l'aisance, il s'éleva jusqu'à leur niveau. Où de plus habiles se seraient
perdus, il se sauvait. Son audace était de la jus-
tesse. Il pouvait toucher impunément à la hache.
On a dit pourtant que cette hache, dont il avait
tant de fois défié le tranchant, le coupa enfin ;
qu'il intéressa à sa perte la vanité d'un Dandy
comme lui, d'un Dandy royal, S. M. Georges IV ;
mais son empire avait été si grand que, s'il avait
voulu, il l'eût repris.

VI

A vie tout entière fut une influence, c'est-à-dire ce qui ne peut guère se raconter. On la sent tout le temps qu'elle dure, et quand elle n'est plus, on en peut signaler les résultats ; mais si ces résultats sont de la même nature que l'influence qui les créa, et s'ils n'ont pas plus de durée, l'histoire en devient impossible. On retrouve Herculanum sous la cendre ; mais quelques années sur les mœurs d'une société l'ensevelissent mieux que toute la poussière des volcans. Les Mémoires, histoire de ces mœurs, ne sont euxmêmes que des à-peu près (1). On ne retrouvera donc pas, comme il le faudrait, détaillée et nette, sinon vivante, la société anglaise du temps de

(1) Encore pas toujours. Que sont les *Mémoires* de Wraxall, par exemple ? Et pourtant, quel homme fut jamais mieux placé pour observer que celui-là ?

Brummell. On ne suivra donc jamais, dans son ondoyante étendue et sa portée, l'action de Brummell sur ses contemporains. Le mot de Byron, qui disait aimer mieux être Brummell que l'empereur Napoléon, paraîtra toujours une affectation ridicule ou une ironie. Le vrai sens d'un pareil mot est perdu.

Seulement, au lieu d'insulter l'auteur de *Childe-Harold*, comprenons-le plutôt quand il exprimait son audacieuse préférence. Poète, homme de fantaisie, il était frappé, parce qu'il pouvait en juger, de l'empire de Brummell sur la fantaisie d'une société hypocrite et lasse de son hypocrisie. Il y avait là un fait de toute-puissance individuelle, qui devait plus convenir à la nature de son capricieux génie que tout autre fait d'omnipotence, quel qu'il fût.

VII

EST pourtant avec des mots semblables à celui de Byron que l'histoire de Brummell sera écrite, et, comme par une singulière mystification de la destinée, ce sont de tels mots qui la rendent indéchiffrable. L'admiration ne se justifiant point par des faits qui ont péri tout entiers, parce que, de leur nature, ils étaient éphémères, l'autorité du plus grand nom, l'hommage du plus entraînant génie rendront l'énigme plus obscure. En effet, ce qui reste le moins de toute société, la partie des mœurs qui ne laisse pas de débris, l'arome trop subtil pour qu'il se conserve, ce sont les manières, les intransmissibles manières(1),

---

(1) Les manières, c'est la fusion des mouvements de l'esprit et du corps, et l'on ne peint pas des mouvements.

par lesquelles Brummell fut un prince de son
temps. Semblable à l'orateur, au grand comédien,
au causeur, à tous ces esprits qui parlent au corps
par le corps, comme disait Buffon, Brummell n'a
qu'un nom, qui brille d'un reflet mytérieux dans
tous les Mémoires de son époque. On y explique
mal la place qu'il y tient ; mais on la voit, et ce
vaut la peine qu'on y pense. Quant à l'étude présente, détaillée, du portrait qui reste à faire, nul
homme jusqu'ici n'en a affronté la lutte douloureuse ; nul penseur n'a cherché à se rendre
compte, gravement, sévèrement, de cette influence qui répond à une loi ou à un travers,
c'est-à-dire à la déviation d'une loi, — à une loi
encore. Pour cela, les esprits profonds n'avaient
pas assez de finesse ; les esprits fins, de profondeur.

Plusieurs ont essayé, nonobstant. Du vivant
même de Brummell, deux plumes célèbres, mais
taillées trop fin, trempées d'encre de Chine trop
musquée, jetèrent sur un papier bleuâtre, à tran-
ches d'argent, quelques traits faciles à travers
lesquels on vit Brummell. C'était charmant de
légèreté spirituelle et de pénétration négligente.
Ce fut Pelham, ce fut Granby. Ce fut Brummell
aussi jusqu'à un certain point, puisqu'on y dog-
matisait sur le Dandysme ; mais l'intention avait-
elle été de le peindre, sinon dans les faits de sa
vie, au moins dans les réalités de son être et les
possibilités du roman ? Pour Pelham, ce n'est pas

5

bien sûr. Pour Granby, on le croirait davantage :
le portrait de Trebeck semble avoir été fait sur
le vif ; on n'invente pas ces nuances étranges,
mi-nature et mi-société, et l'on sent que la présence réelle a dû vivifier le coup de pinceau qui
les retrace.

Mais, à cela près du roman de Lister, où Brummell, s'il fallait l'y chercher, se retrouverait bien
mieux que dans le Pelham de Bulwer, il n'y
a point de livre, en Angleterre, qui montre Brummell comme il fut, et qui explique un peu nette-
ment la puissance de son personnage. Récemment,
il est vrai, un homme distingué (1) a publié deux
volumes dans lesquels il a réuni avec une patience
d'ange curieux tous les faits connus de la vie de
Brummell. Pourquoi faut-il que tant d'efforts et
de sollicitudes n'aient abouti qu'à une chronique
timorée, sans le dessous de cartes de l'histoire ?
C'est l'explication historique qui manque à Brummell. Il a encore des admirateurs comme l'épi-
grammatique Cecil, des curieux comme M. Jesse,
des ennemis... on ne cite personne. Mais parmi
ses contemporains restés debout, parmi les pé-
dants de tous les âges, honnêtes gens qui ont à
l'esprit les deux bras gauches que Rivarol donnait

------

(1) Le capitaine Jesse. Il a publié deux forts volumes in-8° sur Brummell ; et, avant de les avoir
publiés, il avait mis à notre disposition, avec une
courtoisie parfaite, les renseignements qu'il possédait
sur le fameux Dandy.

à toutes les anglaises, il en est qui s'indignent de bonne foi contre l'éclat attaché au nom de Brummell : lourdauds de moralité grave, cette gloire de la frivolité les insulte. Seul, l'historien, c'est-à-dire le juge, — le juge sans enthousiasme et sans haine, — n'a point encore paru pour le grand Dandy, et chaque jour qui passe est un empêchement pour qu'il naisse. On a dit pourquoi. S'il ne vient pas, la gloire aura été pour Brummell un miroir de plus. Vivant, elle l'aura réfléchi dans l'étincelante pureté de sa fragile surface ; mais, — comme les miroirs, quand il n'y a plus là personne, — mort, elle n'en aura rien gardé.

VIII

LE Dandysme n'étant pas l'invention
d'un homme, mais la conséquence
d'un certain état de société qui
existait avant Brummell, il serait
peut-être convenable d'en constater la présence
dans l'histoire des mœurs anglaises et d'en pré-
ciser l'origine. Tout porte à penser que cette origine est française. La grâce est entrée en Angleterre, à la restauration de Charles II, sur le bras
de la Corruption qui se disait sa sœur alors et
qui quelquefois l'a fait croire. Elle vint attaquer
avec la moquerie le sérieux terrible et imperturbable des puritains de Cromwell. Les mœurs,
toujours profondes dans la Grande-Bretagne, —
quelle que soit leur tendance, bonne ou mauvaise,
— exagéraient la sévérité. Il fallait bien pour
respirer se soustraire à leur empire, déboucler ce
lourd ceinturon, et les courtisans de Charles II,
qui avaient bu, dans les verres à champagne de

France, un lotus qui faisait oublier les sombres et
religieuses habitudes de la patrie, tracèrent la
tangente par laquelle on put échapper. Beaucoup,
par là, se précipitèrent : « Les disciples mêmes
eurent bientôt dépassé leurs anciens maîtres; et
— comme l'a dit un écrivain avec une piquante
exactitude (1) — leur bonne volonté d'être cor-
rompus était si bonne, que les Rochester et les
Shaftesbury enjambèrent d'un siècle sur les mœurs
françaises de leur temps et sautèrent jusqu'à la
Régence. » On ne parle ni de Buckingham, ni
d'Hamilton, ni de Charles II lui-même, ni de
tous ceux chez qui les souvenirs de l'exil furent
plus puissants que les impressions du retour. On
a plutôt en vue ceux qui, restés Anglais, furent
atteints de plus loin par le souffle étranger, et
qui ouvrirent le règne des *Beaux*, comme sir
Georges Hevett, Wilson, tué, dit-on, par Law,
dans un duel, et Fielding, dont la beauté arrêta
le regard sceptique de l'insouciant Charles II, et
qui, après avoir épousé la fameuse duchesse de
Cleveland, renouvela les scènes de Lauzun avec
la grande Mademoiselle. Ainsi qu'on le voit, le
nom même qu'ils portèrent accuse l'influence
française. Leur grâce aussi était comme leur nom.
Elle n'était pas assez indigène, assez mêlée à cette
originalité du peuple au milieu duquel naquit

(1) M. Amédée Renée, dans son introduction aux
Lettres de lord Chesterfield. Paris, 1842.

Shakespeare, à cette force intime qui devait plus
tard la pénétrer. Qu'on ne s'y méprenne pas, les
Beaux ne sont pas les Dandys : ils les précèdent.
Déjà le Dandysme, il est vrai, s'agite sous ces
surfaces; mais il ne paraît point encore. C'est
du fond de la société anglaise qu'il doit sortir.
Fielding meurt en 1712. Après lui, le colonel
Edgeworth, vanté par Steele (un *Beau* aussi dans
sa jeunesse), continue la chaîne d'or ouvragée
des *Beaux*, qui se ferme à Nash pour se rouvrir
à Brummell, mais avec le Dandysme en plus.

Car, s'il est né plus tôt, c'est dans l'intervalle
qui sépare Fielding de Nash que le Dandysme a
pris son développement et sa forme. Pour son
nom (dont la racine est peut-être française encore), il ne l'eut que tard. On ne le trouve pas
dans Johnson. Mais quant à la chose qu'il signifie,
elle existait, et, comme cela devait être, dans les
personnalités les plus hautes. En effet, la valeur
des hommes étant toujours en vertu du nombre
des facultés qu'ils ont, et le Dandysme représen-
tant justement celles qui n'avaient pas leur place
dans les mœurs, tout homme supérieur dut se
teindre et se teignit plus ou moins de Dandysme.
Ainsi Malborough, Chesterfield, Bolingbroke, —
Bolingbroke surtout; car Chesterfield, qui avait fait
dans ses *Lettres* le traité du *Gentleman*, comme
Machiavel a fait le traité du *Prince*, moins en in-
ventant la règle qu'en racontant la coutume,
Chesterfield est bien attaché encore à l'opinion

admise; et Malborough, avec sa beauté de femme
orgueilleuse, est plus cupide que vaniteux. Bolingbroke seul est avancé, complet, un vrai Dandy
des derniers temps. Il en a la hardiesse dans la
conduite, l'impertinence somptueuse, la préoccupation de l'effet extérieur, et la vanité incessam-
ment présente. On se rappelle qu'il fut jaloux de
Harley, assassiné par Guscard, et qu'il disait,
pour se consoler, que l'assassin avait sans doute
pris un ministre pour un autre. Rompant avec les
pruderies des salons de Londres, ne l'avait-on pas
vu — chose horrible à penser ! — afficher
l'amour le plus naturel pour une marchande
d'oranges, qui peut-être n'était pas jolie, et qui
se tenait sous les galeries du Parlement (1) ?
Enfin il inventa la devise même du Dandysme, le
Nil mirari de ces hommes — dieux au petit
pied — qui veulent toujours produire la surprise
en gardant l'impassibilité (2). Plus qu'à personne d'ailleurs le Dandysme seyait à Boling-

(1) *London and Westminster Review.*
(2) Le Dandysme introduit le calme antique au
sein des agitations modernes ; mais le calme des
Anciens venait de l'harmonie de leurs facultés et de
la plénitude d'une vie librement développée, tandis
que le calme du Dandysme est la pose d'un esprit
qui doit avoir fait le tour de beaucoup d'idées et
qui est trop dégoûté pour s'animer. Si un Dandy
était éloquent, il le serait à la façon de Périclès, les
bras croisés sous son manteau. Voir la ravissante,

broke. N'était-ce pas de la libre pensée en fait
de manières et de convenances du monde, de
même que la philosophie en était en matière de
morale et de religion? Comme les philosophes
qui dressaient devant la loi une obligation supérieure, les Dandys, de leur autorité privée, posent
une règle au-dessus de celle qui régit les cercles
les plus aristocratiques, les plus attachés à la tradition (1), et par la plaisanterie qui est un acide,
et par la grâce qui est un fondant, ils parviennent
à faire admettre cette règle mobile qui n'est, en
fin de compte, que l'audace de leur propre per-
sonnalité. Un tel résultat est curieux et tient à
la nature des choses. Les sociétés ont beau se
tenir ferme, les aristocraties se fermer à tout ce
qui n'est pas l'opinion reçue, le caprice se sou-

impertinente et très moderne attitude du Pyrrhus
de Girodet, écoutant les imprécations d'Hermione.
Cela ferait mieux comprendre ce que je veux dire
que tout ce que j'écris là.

(1) Et il n'y a pas qu'en Angleterre. Quand, en
Russie, la princesse d'Aschekoff ne portait pas de
rouge, elle faisait acte de Dandysme, et peut-être
trop, car c'était un acte de la plus scandaleuse indépendance. En Russie, rouge veut dire beau, et, au
XVIII° siècle, les mendiants, au coin des rues, s'ils
n'avaient pas eu de rouge, n'auraient pas osé quêter.
   Voir Rulhière sur cette femme. Rulhière, écrivain
qui a du Dandysme aussi dans le coup de plume, ---
Rulhière, *piquant dans le profond*. Si l'histoire n'était
qu'une anecdote, comme il l'écrirait !

lève un jour et pousse à travers ces classements qui paraissaient impénétrables, mais qui étaient minés par l'ennui. C'est ainsi que, d'une part, la Frivolité (1) chez un peuple d'une tenue rigide et d'un militarisme grossier, de l'autre, l'Imagination réclamant son droit à la face d'une loi morale trop étroite pour être vraie, produisirent un genre de traduction, une science de manières et d'attitudes, impossibles ailleurs, dont Brummell fut l'expression achevée et qu'on n'égalera jamais plus. On verra pourquoi.

(1) Nom haineux donné à tout un ordre de préoccupations très légitimes au fond, puisqu'elles correspondent à des besoins réels.

IX

ᴳEORGES Bryan Brummell est né à Westminster, de W. Brummell, esquire, secrétaire privé de ce lord North, Dandy aussi à certaines heures, qui dormait de mépris sur son banc de ministre, aux plus virulentes attaques des orateurs de l'opposition. North fit la fortune de W. Brummell, homme d'ordre et de capacité active. Les pamphlétaires qui crient à la corruption, en espérant qu'on les corrompra, ont appelé lord North le dieu des appointements (*the god of emoluments*). Mais toujours est-il vrai de dire qu'en payant Brummell, il récompensait des services. Après la chute du ministère de son bienfaiteur, M. Brummell devint haut-shériff dans le Berkshire. Il habita près de Domington-Castle, lieu célèbre pour avoir été la résidence de Chaucer, et là il vécut avec cette hospitalité opulente dont les Anglais, seuls dans le monde, ont le sentiment et la puissance. Il avait conservé de

grandes relations. Entre autres célébrités contem-
poraines, il recevait beaucoup Fox et Sheridan.
Une des premières impressions du futur Dandy
fut donc de sentir le souffle de ces hommes forts
et charmants sur sa tête. Ils furent comme les
Fées qui le douèrent; mais ils ne lui donnèrent
que la moitié de leurs forces, les plus éphémères
de leurs facultés. Nul doute qu'en voyant, qu'en
entendant ces esprits, la gloire de la pensée humaine, qui menaient la causerie comme le discours politique et dont la plaisanterie valait
l'éloquence, le jeune Brummell n'ait développé
les facultés qui étaient en lui et qui l'ont rendu
plus tard (pour se servir du mot employé par les
Anglais) un des premiers *conversationnistes* de
l'Angleterre. Quand son père mourut, il avait
seize ans (1794). On l'avait, en 1790, envoyé à
Eton, et déjà il s'était distingué — en dehors
du cercle des études — par ce qui le caracté-
risa si éminemment plus tard. Le soin de sa mise
et la langueur froide de ses manières lui firent
donner par ses condisciples un nom fort en
vogue alors, car le nom de Dandy n'était pas
encore à la mode et les despotes de l'élégance
s'appelaient *Bucks* ou *Macaronies*. On le nomma
Buck Brummell (1). Nul, du témoignage de ses
contemporains, n'exerça plus d'influence que lui

---

(1) *Buck* signifie mâle, en anglais; mais ce n'est
pas le mot, qui est intraduisible, c'est le sens.

sur ses compagnons à Eton, excepté peut-être
Georges Canning; mais l'influence de Canning
était la conséquence de son ardeur de tête et de
cœur, tandis que celle de Brummell venait de
facultés moins enivrantes. Il justifiait le mot de
Machiavel : « Le monde appartient aux esprits
froids. » D'Eton il alla à Oxford, où il eut le
genre de succès auquel il était destiné. Il y plut
par les côtés les plus extérieurs de l'esprit : sa
supériorité, à lui, ne se marquant pas dans les
laborieuses recherches de la pensée, mais dans
les relations de la vie. En sortant d'Oxford trois
mois après la mort de son père, il entra comme
cornette dans le 10ᵉ de hussards, commandé par
le prince de Galles.

On s'est beaucoup efforcé pour expliquer le
goût si vif que Brummell inspira soudainement à
ce prince. On a raconté des anecdotes qui ne
méritent pas qu'on les cite. Qu'a-t-on besoin de
ces commérages? Il y a mieux. En effet, Brummell donné, il était impossible qu'il n'attirât pas
l'attention et les sympathies de l'homme qui,
disait-on, était plus fier et plus heureux de la distinction de ses manières que de l'élévation de son
rang. On sait d'ailleurs l'éclat de cette jeunesse
qu'il essaya d'éterniser. A cette époque, le prince
de Galles avait trente-deux ans. Beau de la beauté
lymphatique et figée de la maison de Hanovre,
mais cherchant à l'animer par la parure, à la
vivifier par le rayon de feu du diamant; scrofu-

leux d'âme comme de corps, mais n'ayant pas
du moins dégradé la grâce en lui, cette dernière
vertu des courtisanes, celui qui fut Georges IV reconnut en Brummell une portion de lui-même, la
partie restée saine et lumineuse, et voilà le secret
de la faveur qu'il lui montra ! Ce fut simple
comme une conquête de femme. N'y a-t-il pas
des amitiés qui prennent leur source dans les
choses du corps, dans la grâce extérieure, comme
des amours qui viennent de l'âme, du charme
immatériel et secret?... Telle fut l'amitié du
prince de Galles pour le jeune cornette de hussards : sentiment qui était de la sensation encore,
le seul peut-être qui pût germer au fond de cette
âme obèse, dans laquelle le corps remontait.

Ainsi l'inconstante faveur que lord Barrymore,
G. Hanger et tant d'autres, effeuillèrent à leur
tour, tomba sur la tête de Brummell avec tout
l'imprévu du caprice et la furie de l'engouement.
Sa présentation eut lieu sur la fameuse terrasse
de Windsor, en présence de la fashion la plus
exigeante. Il y déploya tout ce que le prince de
Galles devait estimer le plus parmi les choses humaines : une grande jeunesse relevée par l'aplomb
d'un homme qui aurait su la vie et qui pouvait
la dominer, le plus fin et hardi mélange d'impertinence et de respect, enfin le génie de la mise,
protégé par une repartie spirituelle. Certes, il y
avait, dans l'enlèvement d'un tel succès, autre
chose que de l'extravagance des deux côtés. Le

mot *extravagance* est employé par les moralistes
déroutés comme le mot *nerfs* par les médecins.
A dater de ce moment, il se trouva classé très
haut dans l'opinion. On le vit, de préférence aux
plus nobles noms de l'Angleterre, lui, le fils d'un
simple esquire, du secrétaire privé dont le grand-
père avait été marchand, remplir les fonctions
de *chevalier d'honneur* de l'héritier présomptif
lors de son mariage avec Caroline de Brunswick.
Tant de distinction groupa immédiatement autour
de lui, sur le pied de la familiarité la plus flat-
teuse, l'aristocratie des salons : lord R. E. So-
merset, lord Pétersham (1), Charles Ker, Charles
et Robert Manners. Jusque-là, rien d'étonnant :
il n'était qu'heureux. Il était né, comme disent
les Anglais, avec une cuiller d'argent dans la
bouche. Il avait pour lui ce quelque chose d'incompréhensible que nous appelons *notre étoile*,
et qui décide de la vie sans raison ni justice; mais
ce qui surprend davantage, ce qui justifie son
bonheur, c'est qu'il le fixa. Enfant gâté de la
fortune, il le devint de la société. Byron parle
quelque part d'un portrait de Napoléon dans son
manteau impérial, et il ajoute : « Il semblait qu'il
y fût éclos. » On en peut dire autant de Brum-

---

(1) Pour des myopes, c'était un modèle de Dandysme, mais pour ceux qui ne se payent pas d'appa-
rences, ce n'était pas plus un Dandy qu'une femme
très bien mise n'est une femme élégante.

me'l et de ce frac célèbre qu'il inventa. Il com-
mença son règne sans trouble, sans hésitation,
avec une confiance qui est une conscience. Tout
concourut à son étrange pouvoir, et personne ne
s'y opposa. Là où les relations valent plus que le
mérite et où les hommes, pour que chacun d'eux
puisse seulement exister, doivent se tenir comme
des crustacés, Brummell avait pour lui, encore
plus comme admirateurs que comme rivaux, les
ducs d'York et de Cambridge, les comtes de
Westmoreland et de Chatham (le frère de Wil-
liam Pitt), le duc de Rutland, lord Delamere,
politiquement et socialement ce qu'il y avait de
plus élevé. Les femmes, qui sont, comme les
prêtres, toujours du côté de la force, sonnèrent,
de leurs lèvres vermeilles, les fanfares de leurs
admirations. Elles furent les trompettes de sa
gloire; mais elles restèrent trompettes, car c'est
ici l'originalité de Brummell. C'est ici qu'il diffère
essentiellement de Richelieu et de tous les hommes
organisés pour séduire. Il n'était pas ce que le
monde appelle libertin. Richelieu, lui, imita trop
ces conquérants tartares qui se faisaient un lit
avec des femmes entrelacées. Brummell n'eut
point de ces butins et de ces trophées de victoire; sa vanité ne trempait pas dans un sang
brûlant. Les Sirènes, filles de la mer, à la voix
irrésistible, avaient les flancs couverts d'écailles
impénétrables, d'autant plus charmantes, hélas!
qu'elles étaient plus dangereuses!

Et sa vanité n'y perdit pas; au contraire. Elle ne se rencontrait jamais en collision avec une autre passion qui la heurtait, qui lui faisait équilibre : elle régnait seule, elle était plus forte (1). Aimer, même dans le sens le moins élevé de ce mot, désirer, c'est toujours dépendre; c'est être esclave de son désir. Les bras le plus tendrement fermés sur vous sont encore une chaîne, et si l'on est Richelieu, — et serait-on don Juan lui-même, — quand on les brise, ces bras si tendres, de la chaîne qu'on porte on ne brise jamais qu'un anneau. Voilà l'esclavage auquel Brummell échappa. Ses triomphes eurent l'insolence du désintéressement. Il n'avait jamais le vertige des têtes qu'il tournait. Dans un pays comme l'Angleterre, où l'orgueil et la lâcheté font de la pruderie pour de la pudeur, il fut piquant de voir un homme, et un homme si jeune, qui résumait en lui toutes les séductions de convention et toutes les séductions naturelles, punir les femmes de leurs prétentions sans bonne foi et s'arrêter avec elles à la limite de la galanterie, qu'elles n'ont pas mise là pour qu'on la respecte. C'était pourtant ainsi qu'agis-

---

(1) L'affectation produit la sécheresse. Or, un Dandy, quoique ayant trop bon ton pour n'être pas simple, est toujours un peu affecté. C'est l'affectation très raffinée du talent très artificiel de mademoiselle Mars. Si on était passionné, on serait trop vrai pour être Dandy. Alfieri n'aurait jamais pu l'être, et Byron ne l'était qu'à certains jours.

sait Brummell, sans aucun calcul et sans le
moindre effort. Pour qui connaît les femmes, cela
doublait sa puissance : parmi ces ladys altières,
il blessait l'orgueil romanesque, et faisait rêver
l'orgueil corrompu.

Roi de la mode, il n'eut donc point de maîtresse en titre. Plus habilement Dandy que le
prince de Galles, il ne se donna point de madame Fitz-Herbert. Il fut un sultan sans mouchoir.
Nulle illusion de cœur, nul soulèvement des sens
n'influa, pour les énerver ou les suspendre, sur
les arrêts qu'il portait. Aussi étaient-ils souverains.
Que ce fût un éloge ou un blâme, un mot de
Georges Bryan Brummell était tout alors. Il était
l'autocrate de l'opinion. En Italie, si, par hypo-
thèse, un pareil homme, un pareil pouvoir étaient
possibles, quelle femme bien éprise y penserait?
Mais en Angleterre, la plus follement amoureuse,
en posant une fleur ou en essayant une parure,
songeait bien plus au jugement de Brummell qu'au
plaisir de son amant. Une duchesse (et l'on sait
ce qu'un titre permet de hauteur dans les salons
de Londres) disait en plein bal à sa fille, au
risque d'être entendue, de veiller avec soin sur
son attitude, ses gestes, ses réponses, si par
hasard M. Brummell daignait lui parler; car à
cette première phase de sa vie, il se mêlait encore à la foule des danseurs dans ces bals où les
mains les plus belles restaient oisives en attendant
la sienne. Plus tard, enivré de la position excep-

tionnelle qu'il s'était faite, il renonça à ce rôle de
danseur, trop vulgaire pour lui. Il restait seulement quelques minutes à l'entrée d'un bal; il le
parcourait d'un regard, le jugeait d'un mot, et
disparaissait, appliquant ainsi le fameux principe
du Dandysme : « Dans le monde, tout le temps
que vous n'avez pas produit d'effet, restez : si
l'effet est produit, allez-vous-en. » Il connaissait
son foudroyant prestige. Pour lui, l'effet n'était
plus une question de temps.

Avec cet éclat dans sa vie, cette souveraineté
sur l'opinion, cette grande jeunesse qui augmente
la gloire, et cet aspect charmant et cruel que les
femmes maudissent et adorent, pas de doute qu'il
n'ait inspiré bien des passions en sens contraire,
— des amours profonds, d'inexorables haines;
mais rien de cela n'a transpiré (1). Le *cant* a
étouffé le cri des âmes, s'il en fut qui aient osé
crier. En Angleterre, la convenance qui châtre les
cœurs s'oppose un peu à l'existence des made-

(1) On a parlé de lady J....y, qu'il aurait *soufflée*
au Régent, comme on dit avec une légèreté digne
de la chose. Mais lady J....y est restée son amie, et
les amours finissant en amitiés sont plus chimériques
que les belles femmes finissant en queue de poisson.
Il y a un beau coup de hache donné de main de
poète dans les illusions des cœurs généreux et mor-
tels : « Tout le temps qu'on est amants, on n'est
point amis ; quand on n'est plus amants, on n'est
rien moins qu'amis. »

moiselles de Lespinasse qui voudraient naître ; et
quant à une Caroline Lamb, Brummell n'en eut
point, par la raison que les femmes sont plus
sensibles à la trahison qu'à l'indifférence. Une
seule, à notre connaissance, a laissé sur Brummell
de ces mots qui cachent la passion et qui la révèlent, c'est la courtisane Henriette Wilson : chose
naturelle, elle était jalouse non du cœur de Brummell, mais de sa gloire. Les qualités d'où le Dandy
tirait sa puissance étaient de celles qui eussent
fait la fortune de la courtisane. Et d'ailleurs, —
sans être des Henriette Wilson, — les femmes
s'entendent si bien aux réserves en faveur de leur
sexe ! Elles ont le génie des mathématiques
comme les hommes, et tous les génies, et elles
ne passent pas à Sheridan, malgré le sien, l'impertinence d'avoir fait sculpter sa main comme
la plus belle de l'Angleterre !

X

QUOIQUE Alcibiade ait été le plus
joli des bons généraux, Georges
Bryan Brummell n'avait pas l'esprit
militaire. Il ne resta pas longtemps
dans le 10ᵉ hussards. Il y était entré peut-être
dans un but plus sérieux qu'on n'a cru, — pour
se rapprocher du prince de Galles et nouer les
relations qui le mirent vite en relief. On a dit,
avec assez de mépris, que l'uniforme dut exercer
une fascination irrésistible sur la tête de Brummell.
C'était expliquer le Dandy avec des sensations
de sous-lieutenant. Un Dandy qui marque tout de
son cachet, qui n'existe pas en dehors d'une
certaine exquise originalité (lord Byron) (1), doit

(1) Il n'y a qu'un Anglais qui puisse se servir de
ce mot-là. En France, l'originalité n'a point de
patrie ; on lui interdit le feu et l'eau ; on la hait
comme une distinction nobiliaire. Elle soulève les

nécessairement haïr l'uniforme. Du reste, et pour
des choses plus graves que cette question de
costume, c'est dans la donnée des facultés de
Brummell d'être mal jugé, son influence morte.
Quand il vivait, les plus récalcitrants la subis-
saient ; mais, à présent, c'est de la psychologie
difficile à faire, avec les préjugés dominants, que
l'analyse d'un tel personnage. Les femmes ne lui
pardonneront jamais d'avoir eu de la grâce
comme elles ; les hommes, de n'en pas avoir
comme lui.

On l'a dit déjà plus haut, mais on ne se lassera
point de le répéter : ce qui fait le Dandy, c'est
l'indépendance. Autrement, il y aurait une légis-
lation du Dandysme, et il n'y en a pas (1). Tout

gens médiocres, toujours prêts, contre ceux qui sont
autrement qu'eux, à une de ces morsures de gencives
qui ne déchirent pas, mais qui salissent. *Être comme
tout le monde,* est le principe équivalant, pour les
hommes, au principe dont on bourre la tête des
jeunes filles : SOIS CONSIDÉRÉE, IL LE FAUT, du *Mariage de Figaro.*

(1) S'il y en avait, on serait Dandy en observant
la loi. Serait Dandy qui voudrait ; ce serait une
prescription à suivre, voilà tout. Malheureusement
pour les petits jeunes gens, il n'en est pas tout à
fait ainsi. Il y a sans doute, en matière de Dandysme,
quelques principes et quelques traditions ; mais tout
cela est dominé par la fantaisie, et la fantaisie n'est
permise qu'à ceux à qui elle sied et qui la con-
sacrent, en l'exerçant.

Dandy est un *oseur*, mais un oseur qui a du tact,
qui s'arrête à temps et qui trouve, entre l'originalité et l'excentricité, le fameux point d'inter-
section de Pascal. Voilà pourquoi Brummell ne
put se plier aux contraintes de la règle militaire,
qui est un uniforme aussi. Sous ce point de vue,
il fut un détestable officier. M. Jesse, cet admirable chroniqueur qui n'oublie pas assez, raconte
plusieurs anecdotes sur l'indiscipline de son héros.
Il rompt les rangs dans les manœuvres, manque
aux ordres de son colonel; mais le colonel est
sous le charme : il ne sévit pas. En trois ans,
Brummell devint capitaine. Tout à coup, son régiment est commandé pour aller tenir garnison à
Manchester, et, sur cela seul, le plus jeune capitaine du plus magnifique régiment de l'armée
quitte le service. Il dit au prince de Galles qu'il
ne voulait pas s'éloigner de lui. C'était plus aimable que de parler de Londres; car c'était
Londres surtout qui le retenait. Sa gloire était née
là ; elle était autochthone de ces salons où la
richesse, le loisir et le dernier degré de civilisation produisent ces affectations charmantes qui
ont remplacé le naturel. La perle du Dandysme
tombée à Manchester, ville de manufacture, c'est
aussi monstrueux que Rivarol à Hambourg !

Il sauva l'avenir de sa renommée : il resta à
Londres. Il prit un logement dans Chesterfield-
Street, au n° 4, en face de Georges Selwyn, —
un de ces astres de la mode qu'il avait fait pâlir.

Sa fortune matérielle, assez considérable, n'était
point au niveau de sa position. D'autres, et
beaucoup, parmi ces fils de lords et de nababs,
avaient un luxe qui eût écrasé le sien, si ce qui
ne pense pas pouvait écraser ce qui pense. Le
luxe de Brummell était plus intelligent qu'éclatant ; il était une preuve de plus de la sûreté de
cet esprit qui laissait l'écarlate aux sauvages, et
qui inventa plus tard ce grand axiome de toilette :
« Pour être bien mis, il ne faut pas être remarqué. » Bryan Brummell eut des chevaux de
main, un excellent cuisinier et le *home* d'une
femme qui serait poète. Il donnait des dîners
délicieux où les convives étaient aussi choisis que les
vins. Comme les hommes de son pays et surtout
de son époque (1), il aimait à boire jusqu'à
l'ivresse. Lymphatique et nerveux, dans l'ennui
de cette existence oisive et anglaise, à laquelle le
Dandysme n'échappe qu'à moitié, il recherchait
l'émotion de cette autre vie que l'on trouve au
fond des breuvages, qui bat plus fort, qui tinte

---

(1) Tous buvaient, depuis les plus occupés jusqu'aux plus oisifs, depuis les lazzaroni de salon (les
Dandys) jusqu'aux ministres d'État. *Boire comme Pitt
et Dundas* est resté proverbe. Quand Pitt buvait,
cette grande âme que l'amour de l'Angleterre rem-
plissait, mais n'assouvissait pas, c'est de variété qu'il
avait soif. Les hommes forts cherchent souvent à se
donner le change ; mais, hélas ! la nature ne le
prend pas toujours.

et qui éblouit. Mais alors, même le pied engagé
dans le tourbillonnant abîme de l'ivresse, il y
restait maître de sa plaisanterie, de son élégance,
comme Sheridan dont on parle toujours, parce
qu'on le retrouve sans cesse au bout de toutes
les supériorités.

C'est par là qu'il asservissait. Les prédicateurs
méthodistes (et il n'y en a pas qu'en Angleterre),
tous les myopes qui ont risqué leur mot sur
Brummell l'ont peint, et rien n'est plus faux,
comme une espèce de poupée sans cerveau et
sans entrailles, et, pour rapetisser l'homme davantage encore, ils ont repetissé l'époque dans
laquelle il vécut, en disant qu'elle avait sa folie.
Tentative et peine inutiles! Ils ont beau frapper
sur ce temps glorieux pour la Grande-Bretagne,
comme à Florence on frappa sur la boule d'or
dans laquelle l'or qu'on voulait comprimer était
renfermée : l'élément rebelle traversa les parois
plutôt que de plier, et eux ne réduiront pas la
société anglaise de 1794 à 1816 jusqu'à n'être
qu'une société en décadence. Il est des siècles
incompressibles qui résistent à tout ce qu'on en
dit. La grande époque des Pitt, des Fox, des
Windham, des Byron, des Walter Scott, devien-
drait tout à coup petite parce qu'elle eût été
remplie du nom de Brummell! Si une telle prétention est absurde, Brummell avait donc en lui
quelque chose digne d'attirer et de captiver les
regards d'une grande époque; — sorte de re-

gards qui ne se prennent pas, comme les oisil-
lons au miroir, seulement à l'appeau de vêtements
gracieux ou splendides. Brummell, qui les a passionnés, attachait d'ailleurs beaucoup moins d'importance qu'on n'a cru à cet art de la toilette
pratiqué par le grand Chatham (1). Ses tailleurs
Davidson et Meyer, dont on a voulu faire, avec
toute la bêtise de l'insolence, les pères de sa
gloire, n'ont point tenu dans sa vie la place qu'on
leur donne. Écoutons Lister plutôt ; il peint res-
semblant : « Il lui répugnait de penser que ses
tailleurs étaient pour quoi que ce fût dans sa
renommée, et il ne se fiait qu'au charme exquis
d'une aisance noble et polie qu'il possédait à un
très remarquable degré. » Lors de son début,
il est vrai, et avec ses tendances extérieures, au
moment où le démocratique Charles Fox intro-
duisait (apparemment comme effet de toilette)
le talon rouge sur les tapis de l'Angleterre, Brummell dut se préoccuper de la forme sous tous ses
aspects. Il n'ignorait pas que le costume a une
influence, latente mais positive, sur les hommes
qui le dédaignent le plus du haut de la majesté
de leur esprit immortel. Mais, plus tard, il se
déprit, comme le dit Lister, de cette préoccupation de jeunesse, sans l'abolir pourtant dans ce
qu'elle avait de conforme à l'expérience et à

(1) Le seul homme historique qui soit grand sans
être simple.

8

l'observation. Il resta mis d'une façon irréprochable ; mais il éteignit les couleurs de ses vêtements, en simplifia la coupe et les porta sans y
penser (1). Il arriva ainsi au comble de l'art qui
donne la main au naturel. Seulement, ses moyens
de faire effet étaient de plus haut parage, et c'est
ce qu'on a trop, beaucoup trop oublié. On l'a
considéré comme un être purement physique, et
il était au contraire intelligent jusque dans le
genre de beauté qu'il avait. En effet, il brillait
bien moins par la correction des traits que par
la physionomie. Il avait les cheveux presque roux,
comme Alfieri, et une chute de cheval, dans une
charge, avait altéré la ligne grecque de son
profil. Son air de tête était plus beau que son
visage, et sa contenance — physionomie du
corps — l'emportait jusque sur la perfection de
ses formes. Écoutons Lister : « Il n'était ni beau
ni laid ; mais il y avait dans toute sa personne une
expression de finesse et d'ironie concentrée, et
dans ses yeux une incroyable pénétration. » Quelquefois ces yeux sagaces savaient se glacer d'indifférence sans mépris, comme il convient à un
Dandy consommé, à un homme qui porte en lui
quelque chose de supérieur au monde visible. Sa

(1) Comme s'ils étaient impondérables ! Un Dandy
peut mettre s'il veut dix heures à sa toilette, mais
une fois faite, il l'oublie. Ce sont les autres qui
doivent s'apercevoir qu'il est bien mis.

voix magnifique faisait la langue anglaise aussi belle à l'oreille qu'elle l'est aux yeux et à la pensée. « Il n'affectait pas d'avoir la vue courte ; mais il pouvait prendre, — dit encore Lister, — quand les personnes qui étaient là n'avaient pas l'importance que sa vanité eût désirée, ce regard calme, mais errant, qui parcourt quelqu'un sans le reconnaître, qui ne se fixe ni ne se laisse fixer, que rien n'occupe et que rien n'égare. » Tel était le *beau* Georges Bryan Brummell. Nous qui lui consacrons ces pages, nous l'avons vu dans sa vieillesse, et l'on reconnaissait ce qu'il avait été dans ses plus étincelantes années ; car l'expression n'est pas à la portée des rides, et un homme remarquable surtout par la physionomie est bien moins mortel qu'un autre homme.

Du reste, ce que promettait sa physionomie, son esprit le tenait et au delà. Ce n'était pas pour rien que le rayon divin se jouait autour de son enveloppe. Mais parce que son intelligence, d'une espèce infiniment rare, s'adonnait peu à ce qui maîtrise celle des autres hommes, serait-il juste de la lui nier ? Il était un grand artiste à sa manière ; seulement son art n'était pas spécial, ne s'exerçait pas dans un temps donné. C'était sa vie même, le scintillement éternel de facultés qui ne se reposent pas dans l'homme, créé pour vivre avec ses semblables. Il plaisait avec sa personne, comme d'autres plaisent avec leurs œuvres. C'était sur place qu'était sa valeur. Il

tirait, par l'émotion, de sa torpeur (1), — chose
difficile ! — une société horriblement blasée, sa-
vante, en proie à toutes les fatigues des vieilles
civilisations, — et, pour cela, il ne sacrifiait pas
une ligne de sa dignité personnelle. On respectait
jusqu'à ses caprices. Ni Etherege, ni Cibber, ni
Congreve, ni Vanburgh, ne pouvaient introduire
un tel personnage dans leurs comédies, car le
ridicule ne l'atteignait jamais. Il ne l'eût pas
esquivé à force de tact, bravé à force d'aplomb,
qu'il s'en fût garanti à force d'esprit, — bouclier
qui avait un dard à son centre et qui changeait
la défense en agression. Ici on comprendra mieux
peut-être. Les plus durs à sentir la grâce qui
glisse sentent la force qui appuie, et l'empire de
Brummell sur son époque paraîtra moins fabuleux,
moins inexplicable, quand on saura, ce qu'on ne
sait pas assez, quelle force de raillerie il avait.
L'Ironie est un génie qui dispense de tous les
autres. Elle jette sur un homme l'air de sphynx
qui préoccupe comme un mystère et qui inquiète

---

(1) Sans sortir de la sienne. Il y a dans l'ama-
bilité, en effet, quelque chose de trop actif et de trop
direct pour qu'un Dandy soit parfaitement aimable.
Un Dandy n'a jamais la recherche et l'anxiété de
quoi que ce soit. Si donc l'on a pu se risquer à dire
que Brummell fut aimable à certains soirs, c'est que
la coquetterie des hommes puissants peut être très
médiocre et paraître irrésistible. Ils sont comme les
jolies femmes, à qui l'on sait gré de tout (quand on
est homme toutefois).

comme un danger (1). Or, Brummell la possédait
et s'en servait de manière à transir tous les
amours-propres, même en les caressant, et à re-
doubler les mille intérêts d'une conversation supérieure par la peur des vanités, qui ne donne pas
d'esprit, mais qui l'anime dans ceux qui en ont
et fait circuler plus vite le sang dans ceux qui
n'en ont pas. C'est le génie de l'Ironie qui le
rendit le plus grand mystificateur que l'Angleterre
ait jamais eu. « Il n'y avait pas — dit l'auteur de
Granby — de gardien de ménagerie plus habile
à montrer l'adresse d'un singe, qu'il ne l'était à
montrer le côté grotesque caché plus ou moins
dans tout homme ; son talent était sans égal pour
manier sa victime et pour lui faire exposer elle-
même ses ridicules sous le meilleur point de vue
possible. » Plaisir, si l'on veut, quelque peu
féroce ; mais le Dandysme est le produit d'une
société qui s'ennuie, et s'ennuyer ne rend pas
bon.

C'est ce qu'il importe de ne pas perdre de vue
quand on juge Brummell. Il était avant tout un
Dandy, et il ne s'agit que de sa puissance. Sin-

---

(1) « Vous êtes un palais dans un labyrinthe, »
écrivait une femme, impatientée de regarder sans
voir et de chercher sans découvrir. Elle ne se doutait
pas qu'elle exprimait là un principe de Dandysme.
A la vérité, n'est pas *palais* qui veut, mais on *peut*
toujours être *labyrinthe*.

gulière tyrannie qui ne révoltait pas ! — Comme
tous les Dandys, il aimait encore mieux étonner
que plaire : préférence très humaine, mais qui
mène loin les hommes ; car le plus beau des
étonnements, c'est l'épouvante. Sur cette pente,
où s'arrêter? Brummell le savait seul. Il versait à
doses parfaitement égales la terreur et la sympathie, et il en composait le philtre magique de son
influence. Son indolence ne lui permettait pas
d'avoir de la verve, parce qu'avoir de la verve
c'est se passionner, c'est tenir à quelque chose,
et tenir à quelque chose, c'est se montrer inférieur ; mais de sang-froid il avait *du trait*, comme
nous disons en France. Il était mordant dans sa
conversation autant qu'Hazlitt dans ses écrits. Ses
mots crucifiaient (1) ; seulement son impertinence

(1) Il ne les lançait pas, mais il les laissait tomber.
L'esprit des Dandys ne frétille et ne pétille jamais.
Il n'a point les mouvements de vif-argent et de
flamme de celui d'un Casanova, par exemple, ou
d'un Beaumarchais ; car, par rencontre, il trouverait
les mêmes mots qu'il les prononcerait autrement.
Les Dandys ont beau représenter le caprice dans une
société classée et symétrique, ils n'en respirent pas
moins, quelque bien organisés qu'ils soient, la con-
tagion de l'affreux puritanisme. Ils vivent dans cette
tour de la Peste, et une pareille habitation est mal-
saine. C'est pour cela qu'ils parlent tant de dignité.
Ils croiraient peut-être en manquer s'ils s'aban-
donnaient à la frénésie de l'esprit. Ils vivent toujours
sur l'idée de dignité comme sur un pal, — ce qui

avait trop d'ampleur pour se condenser et tenir
dans des épigrammes. Des mots spirituels qui
l'exprimaient il la faisait passer dans ses actes,
dans son attitude, son geste et le son de sa voix.
Enfin, il la pratiquait avec cette incontestable
supériorité qu'elle exige entre gens comme il faut
pour être subie ; car elle touche à la grossièreté
comme le sublime touche au ridicule, et, si elle
sort de la nuance, elle se perd. Génie toujours à
moitié voilé, l'Impertinence n'a pas besoin du
secours des mots pour apparaître ; sans appuyer,
elle a une force bien autrement pénétrante que
l'épigramme la plus savamment rédigée. Quand
elle existe, elle est le plus grand porte-respect
qu'on puisse avoir contre la vanité des autres, si
souvent hostile, comme elle est aussi le plus élégant manteau qui puisse cacher les infirmités
qu'on sent en soi. A ceux qui l'ont, qu'est-il
besoin d'autre chose? N'a-t-elle pas plus fait pour
la réputation de l'esprit du prince de Talleyrand
que cet esprit même ? Fille de la Légèreté et de
l'Aplomb, — deux qualités qui semblent s'exclure,
— elle est aussi la sœur de la Grâce, avec laquelle
elle doit rester unie. Toutes deux s'embellissent
de leur mutuel contraste. En effet, sans l'Impertinence, la Grâce ne ressemblerait-elle pas à une
blonde trop fade, et sans la Grâce, l'Imperti-

— si souple qu'on soit, — gêne un peu la liberté
des mouvements et fait tenir par trop droit.

nence ne serait-elle pas une brune trop piquante?
Pour qu'elles soient bien ce qu'elles sont chacune,
il convient de les entremêler.

Et voilà ce à quoi Georges Bryan Brummell réus-
sissait mieux que personne. Cet homme, trop super-
ficiellement jugé, fut une puissance si intellectuelle
qu'il régna encore plus par les airs que par les
mots. Son action sur les autres était plus immédiate que celle qui s'exerce uniquement par le
langage. Il la produisait par l'intonation, le regard, le geste, l'intention transparente, le silence
même (1) ; et c'est une explication à donner du
peu de mots qu'il a laissés. D'ailleurs, ces mots,
à en juger par ceux que les Mémoires du temps
ont rapportés, manquent pour nous de saveur ou
en ont trop : ce qui est une manière d'en manquer encore. On y sent l'âpre influence du génie

---

(1) Il jouait trop bien de la conversation pour
n'être pas souvent silencieux ; mais ce silence n'avait
pas la profondeur du silence de qui écrivait : « Ils
me regardaient pour savoir si je comprenais leurs
idées sur je ne sais quoi et leurs jugements sur je
ne sais qui. Mais ils me prenaient probablement
pour quelque médiocrité de salon, et moi je jouissais
de l'opinion présumable qu'ils avaient de ma personne. J'ai pensé aux rois qui aiment à garder l'in-
cognito. » Cette solitaire et orgueilleuse conscience
de soi doit être inconnue aux Dandys. Le silence
de Brummell était un moyen de plus de faire effet,
la coquetterie taquine des êtres sûrs de plaire, et qui
savent par quel bout s'allume le désir.

salin de ce peuple qui boxe et s'enivre et qui
n'est pas grossier où nous, Français, cesserions
d'être délicats. Qu'on y songe : ce que l'on appelle
exclusivement *esprit*, dans les produits de la pensée, tenant essentiellement à la langue, aux mœurs,
à la vie sociale, aux circonstances qui changent le
plus de peuple à peuple, doit mourir dépaysé
dans l'exil d'une traduction. Même les expressions
qui le caractérisent pour chaque nation sont intra-
duisibles avec netteté dans la profondeur du sens
qu'elles ont. Essayez, par exemple, de trouver des
corrélatifs au *wit*, à l'*humour*, au *fun*, qui consti-
tuent l'esprit anglais dans son originale triplicité.
Muable comme tout ce qui est individuel, l'esprit
ne se transborde pas plus d'une langue dans une
autre que la poésie, qui, du moins, s'inspire de
sentiments généraux. Comme de certains vins,
qui ne savent pas voyager, il doit être bu sur son
terroir. Il ne sait pas vieillir non plus; il est de
la nature des plus belles roses qui passent vite,
et c'est peut-être le secret du plaisir qu'il cause.
Dieu a souvent remplacé la durée par l'intensité
de la vie, afin que le généreux amour des choses
périssables ne se perdît pas dans nos cœurs.

On ne citera donc pas les mots de Brummell.
Ils ne justifieraient pas sa renommée, et pourtant
ils la lui méritèrent; mais les circonstances dont
ils ont jailli, et qui les avaient chargés d'électricité,
pour ainsi dire, ne sont plus. Ne remuons pas,
ne comptons pas ces grains de sable qui furent

9

des étincelles et que le temps dispersa après les
avoir éteints. Grâce à la diversité des vocations,
il y a des gloires qui ne sont rien plus que du
bruit dans un silence, et qui doivent à jamais ali-
menter la rêverie, en désespérant la pensée.

Seulement, comment n'être pas frappé de ce
vague de gloire tombant sur un homme aussi
positif que Brummell, qui l'était trois fois, puisqu'il était vaniteux, Anglais et Dandy ! Comme
tous les gens positifs qui ne vivent pas loin d'eux-
mêmes et qui n'ont de foi et de volonté que pour
les jouissances immédiates, Brummell ne désira
jamais que celles-là et il les eut à foison. Il fut
payé par la destinée de la monnaie qu'il estimait
le plus. La société lui donna tous les bonheurs
dont elle dispose, et pour lui il n'y avait pas de
plus grandes félicités (1) ; car il ne pensait pas
comme Byron — tantôt renégat et tantôt relaps

(1) Les moralistes demanderont insolemment : Fut-
il heureux de cet unique bonheur du monde, qui fait
pitié ? — Et pourquoi pas ?... La vanité satisfaite
peut suffire à la vie aussi bien que l'amour satisfait.
Mais l'ennui ?... Eh ! mon Dieu ! c'est la paille où
se rompt l'acier le mieux trempé en fait de bonheur.
C'est le fond de tout, et pour tous, à plus forte
raison pour une âme de Dandy, pour un de ces
hommes dont on a dit bien ingénieusement, mais
bien tristement aussi : « Ils rassemblent autour d'eux
tous les agréments de la vie, mais, ainsi qu'une pierre
qui attire la mousse, sans se laisser pénétrer par la
fraîcheur qui la couvre. »

du Dandysme — que le monde ne vaut pas une
des joies qu'il nous ôte. A cette vanité, éternellement enivrée, le monde n'en avait pas ôté. De
1799 jusque vers 1814, il n'y eut pas de *rout* à
Londres, pas de fête où la présence du grand
Dandy ne fût regardée comme un triomphe et
son absence comme une catastrophe. Les journaux
imprimaient son nom, à l'avance, en tête des
plus illustres invités. Aux bals d'Almack, aux
meetings d'Ascott, il plaît tout sous sa dictature.
Il fut le chef du club Watier, dont lord Byron
était membre, avec lord Alvanlay, Mildmay et
Pierrepoint. Il était l'âme (est-ce l'âme qu'il faut
dire?) du fameux pavillon de Brigthon, de Carlton-House, de Belvoir. Lié plus particulièrement
avec Sheridan, la duchesse d'York, Erskine, lord
Townshend, et cette passionnée et singulière duchesse de Devonshire, poète en trois langues, et
qui embrassait les bouchers de Londres, avec ses
lèvres patriciennes, pour enlever des voix de plus
à M. Fox, il s'imposait jusqu'à ceux qui pouvaient
le juger, qui auraient pu trouver le creux sous le
relief, si réellement il n'avait été que le favori du
hasard. On a dit que madame de Staël fut presque
affligée de ne pas lui avoir plu. Sa toute-puissante
coquetterie d'esprit fut éternellement repoussée
par l'âme froide et la plaisanterie éternelle du
Dandy, de ce capricieux de neige qui avait d'ex-
cellentes raisons pour se moquer de l'enthousiasme. Corinne échoua sur Brummell comme sur

Bonaparte : rapprochement qui rappelle le mot
de lord Byron cité déjà. Enfin, succès plus original encore : une autre femme, lady Stanhope,
l'amazone arabe qui sortit au galop de la civilisation européenne et des routines anglaises —
ce vieux Cirque où l'on tourne en rond — pour
ranimer ses sensations dans le péril et dans l'indépendance du désert, ne se rappelait, après
bien des années d'absence, de tous les civilisés
laissés derrière elle, que le plus civilisé peut-être,
— le Dandy Georges Brummell.

Certes, quand on fait le compte de ces impressions vivantes, ineffaçables, sur les premières têtes
d'une époque, on est obligé de traiter celui qui
les a produites, fût-ce un fat, avec le sérieux que
l'on doit à tout ce qui prend en vainqueur les
imaginations des hommes. Les poètes, par cela
seul qu'ils réfléchissent leur temps, se sont im-
prégnés de Brummell. Moore l'a chanté; mais
qu'est-ce que Moore (1) ? Brummell fut peut-être
une des muses de *Don Juan*, invisible au poète.
Toujours est-il que ce poème étrange a le ton
dandy d'un bout à l'autre, et qu'il éclaire puis-
samment l'idée que nous pouvons concevoir des
qualités et du genre d'esprit de Brummell. C'est
par ses qualités évanouies qu'il monta sur l'horizon

(1) Le sentiment irlandais à part, un poète de
papier rose mâché.

et s'y maintint. Il n'en descendit pas; mais il en tomba, emportant avec lui, dans sa perfection, une chose qui, depuis lui, n'a plus reparu que dégradée. Le *Turf* hébétant a remplacé le Dandysme. Il n'y a plus maintenant dans le *High life* que des jockeys et des fouetteurs de chiens (1).

(1) Il y a eu d'Orsay. Mais d'Orsay, ce *lion* dans le sens de la fashion, et qui n'en avait pas moins la beauté de ceux de l'Atlas, d'Orsay n'était pas un Dandy. On s'y est mépris. C'était une nature infiniment plus complexe, plus ample et plus humaine que cette chose anglaise. On l'a beaucoup dit, mais sans cesse il faut y revenir : la lymphe, cette espèce d'eau dormante qui n'écume que quand la Vanité la fouette, est la base physiologique du Dandy, et d'Orsay avait le sang rouge de France. C'était un nerveux sanguin aux larges épaules, à la poitrine *François I*er et à la beauté sympathique. Il avait une main superbe sans superbe, et une manière de la tendre qui prenait les cœurs et les enlevait ! Ce n'était pas là le *shake-hand* hautain du Dandysme. D'Orsay plaisait si naturellement et si passionnément à *tout le monde*, qu'il faisait porter son médaillon jusqu'à des hommes ! tandis que les Dandys ne font porter aux hommes que ce que vous savez, et *plaisent aux femmes en leur déplaisant*. (Ne jamais oublier cette nuance, lorsqu'il s'agit de les juger.) D'Orsay était enfin un roi de bienveillance aimable ; or, la bienveillance est un sentiment entièrement inconnu aux Dandys. Comme eux, il est vrai, il avait l'art de la toilette, non éclatante, mais profonde, et c'est par cette raison, sans doute, que les Superficiels l'ont regardé comme le successeur de Brummell ; mais le Dandysme n'est pas l'art brutal de mettre une cravate. Il y a même

des Dandys qui n'en ont jamais porté. Exemple,
lord Byron, qui avait le cou si beau ! D'un autre
côté, d'Orsay fut un artiste. De cette main *qu'il
donnait trop*, — car la coquetterie règne bien plus
par ce qu'elle refuse que par ce qu'elle accorde, —
il sculptait, et non pas comme Brummell peignait ses
éventails, pour des visages faux et des têtes vides.
Les marbres laissés par d'Orsay ont de la pensée.
Ajoutez à ce talent de sculpteur qu'il avait bien failli
être un écrivain, et qu'à vingt-trois ans il avait mé-
rité cette lettre de Byron à Alfred D... qu'on trouve
dans ces fameux Mémoires où la lâcheté de Moore a
remplacé les noms par des astériques et les anecdotes
piquantes par des points... (aimable homme que ce
Moore !) Quoique fat, d'Orsay fut aimé par les femmes
les plus *fates* de son temps. On ne parle pas des naturelles : il n'y en a jamais que deux ou trois dans
un siècle ; à quoi bon en parler ? Il a même inspiré
une passion qui dura et qui restera historique. Les
Dandys, eux, ne sont aimés que par *spasmes*. Les
femmes, qui les détestent, ne s'en donnent pas moins
très bien à eux, et ils ont cette sensation, qui vaut
pour eux beaucoup de livres sterling, de presser des
haines dans leurs bras... Quant à ce duel charmant
de d'Orsay, jetant son assiette à la tête de l'officier
qui parlait mal de la Sainte Vierge, et se battant pour
elle parce qu'elle était femme et qu'il ne voulait
pas qu'on manquât de respect à une femme devant
lui, quoi de moins dandy et de plus français ?...

XI

N touche vite, quand on écrit cette histoire d'impressions plutôt que de faits, à la disparition du météore, à la fin de cet incroyable roman (qui n'est pas un conte) dont la société de Londres fut l'héroïne et Brummell le héros. Mais, dans la réalité, cette fin se fit longtemps attendre. — A défaut de faits, — la mesure historique du temps, — qu'on prenne les dates, et l'on jugera de la profondeur de cette influence par sa durée. De 1793 à 1816, il y a vingt-deux ans. Or, dans le monde moral comme dans le monde physique, ce qui est léger se déplace aisément. Un succès continu de tant d'années montre donc que c'était bien à un besoin de nature humaine, sous la convention sociale, que répondait l'existence de Brummell. Aussi, quand plus tard il fut obligé de

quitter l'Angleterre, l'intérêt qu'il avait concentré
sur sa personne n'était pas épuisé. L'enthousiasme
ne se détournait pas de lui. En 1812, en 1813,
il était plus puissant que jamais, malgré les échecs
que le jeu avait faits à sa fortune matérielle, la
base de son élégance. En effet, il était fort grand
joueur. On n'a pas besoin d'examiner s'il avait
trouvé dans son organisme ou dans les tendances
de la société qu'il voyait cette audace de l'inconnu
et cette soif d'aventures qui fait les joueurs et les
pirates ; mais ce qu'il y a de certain, c'est que la
société anglaise est encore plus avide d'émotions
que de guinées, et qu'on ne domine une société
qu'en épousant ses passions. Outre les pertes au
jeu, une autre raison, à ce qu'il semble, pour que
Brummell déclinât, c'était sa brouillerie avec le
Prince qui l'avait aimé et qui avait été, pour ainsi
dire, le seul courtisan de leurs relations. Le Régent commençait à vieillir. L'embonpoint, ce po-
lype qui saisit la beauté et la tue lentement dans
ses molles étreintes, l'embonpoint l'avait pris, et
Brummell, avec son implacable plaisanterie et cet
orgueil de tigre que le succès inspire aux cœurs,
s'était quelquefois moqué des efforts de coquette
impuissante à réparer les dégâts du temps qui
compromettaient le Prince de Galles. Comme il
y avait à Carlton-House un concierge d'une mons-
trueuse corpulence qu'on avait surnommé *Big-
Ben* (le Gros-Ben), Brummell avait déplacé le sur-
nom du valet au maître. Il appelait aussi madame

Fitz-Herbert *Benina*. Ces audacieuses dérisions ne
pouvaient manquer de pénétrer jusqu'au fond de
ces âmes vaniteuses, et Madame Fitz-Herbert ne
fut pas la seule des femmes qui entouraient le
Prince héréditaire à s'offenser des familiarités de
l'ironie de Brummell. Telle fut, pour le dire en
passant, la cause réelle de la disgrâce qui frappa
soudainement le grand Dandy. L'histoire de la
sonnette, racontée d'abord pour l'expliquer, est
apocryphe, à ce qu'il paraît (1). M. Jesse ne
s'appuie pas seulement pour la repousser sur la
dénégation de Brummell, mais encore sur la vulgaire impudence (*the vulgar impudence*) qu'elle
révèle, et il a raison ; car l'impudence était bien
souvent dans le Dandy, mais la vulgarité n'y était
jamais. Un fait d'ailleurs isolé, quelque expressif
qu'il soit, ne vaut pas en gravité, pour motiver
une disgrâce, les cent mille coups de dard d'aspic
lancés par Brummell de sa façon la plus légère
contre les affections du régent. Ce que le mari de
Caroline de Brunswick avait toléré, l'amant de
madame Fitz-Herbert, de lady Conyngham, ne

---

(1) Voici l'histoire : Brummell aurait un soir, à
souper, et pour gagner le plus irrespectueux pari,
donné cet ordre au prince de Galles : « Georges,
sonnez ! » en lui montrant la sonnette. Le prince,
qui eût obéi, aurait dit au domestique qui entra, en
lui désignant Brummell : « Menez à son lit cet
ivrogne. »

devait pas le supporter (1). Et l'eût-il supporté
encore, le favori eût-il impunément blessé les fa-
vorites, que le Prince attaqué dans sa personne
physique, son véritable *moi*, ne l'aurait pas souffert
sans ressentiment. Le « Quel est ce gros homme ? »
dit publiquement par Brummell, à Hyde-Park,

(1) L'influence et même la plaisanterie de Brummell fut pour beaucoup dans l'éloignement du prince
de Galles pour Caroline de Brunswick. On sait que
cette fameuse première nuit de noces, passée par le
prince sur un tapis au coin du feu, pendant que sa
jeune femme l'attendait sous les plumes d'autruche
du lit nuptial, avait été précédée d'un souper avec
les Dandys. Ces hommes positifs n'aimaient pas le
vaporeux sentimentalisme qui se matérialisa un peu
depuis, mais qu'apportait alors Caroline dans ses ba-
gages d'Allemande ; et d'ailleurs elle était la femme
légitime dans le pays du bonheur conjugal officiel et
des *verseuses* de thé ! Or, le Dandysme, qui aime
l'imprévu et déteste la pédanterie des vertus domes-
tiques, doit mieux aimer tous les malheurs par les
maîtresses, que l'imperturbable bonheur public de
lord et de lady Grey, par exemple, si vanté par
Mme de Staël. Les Dandys, qui coudoient ces bonheurs légaux en Angleterre, n'ont pas et ne peuvent
pas avoir les opinions de Mme de Staël, qui ne les
rencontrait guères dans les salons de Paris. Ce qui
fait la poésie, c'est la distance, et il faut bien que
l'imagination ait toujours sa chimère à caresser ;
mais quand la femme qui se peignit dans Corinne,
qui aima D..., qui aima C..., qui aima T..., caresse
celle-là, elle est moins dans la vérité du cœur et de
l'imagination que les Dandys, et elle ravale Mme de
Staël jusqu'à n'être plus que la fille de Mme Necker.

en désignant Son Altesse Royale, et une foule
d'autres mots semblables, expliquent tout, bien
mieux qu'un oubli de convenances, justifié, du
reste, par un pari.

Mais ni l'éloignement rancunier du prince, ni
les revers au jeu, n'avaient encore, vers cette
époque (1813), ébranlé la position de Brummell.
La main qui avait servi à son élévation, en se re-
tirant ne l'avait pas fait tomber, et l'opinion des
salons lui était demeurée fidèle. Ce ne fut pas
assez. Le Régent vit avec amertume un Dandy à
moitié ruiné lutter fièrement d'influence contre lui,
l'homme le plus élevé de la Grande-Bretagne.
Anacréon-Archiloque Moore, qui n'écrivait pas
toujours sur du papier bleu-céleste, et dont la
haine irlandaise savait trouver parfois le mot qui
poignarde le mieux, mettait dans la bouche du
Prince de Galles ces vers adressés au duc d'York
et cités partout : « Je n'ai jamais eu de ressentiment ou d'envie de nuire à personne, excepté,
maintenant que j'y pense, au beau Brummell, qui
m'a menacé l'an dernier avec colère de me faire
rentrer dans le néant, et d'introduire, à ma place,
dans la fashion, le vieux roi Georges. » Ces vers
offensants ne donnaient-ils pas raison au propos
tenu par le roi des Dandys, sur le Dandy royal,
au colonel Mac-Mahon : « Je l'ai fait ce qu'il est,
je peux bien le défaire ; » et ne prouvaient-ils
pas jusqu'à l'évidence combien le pouvoir d'opinion qu'exerçait ce Warwick de l'élégance lui

appartenait en propre, et à quel point il était in-
dépendant et souverain? Une autre preuve encore
plus éclatante de ce pouvoir fut donnée, en cette
année de 1813, par les chefs du club Watier,
qui, préparant une fête solennelle, mirent en sérieuse délibération s'ils inviteraient le prince de
Galles, par cela seul qu'il était brouillé avec G.
Brummell. Il fallut que Brummell, qui savait mettre
de l'impertinence jusque dans ses générosités,
insistât fortement pour que le prince fût invité.
Sans nul doute, il était bien aise de voir chez lui
(puisqu'il était du Club) l'amphitryon qu'il ne
voyait plus à Carlton-House, de se ménager ce
face à face en présence de toute la jeunesse dorée
de l'Angleterre ; mais le prince, au-dessous de
lui-même dans cette entrevue, oubliant ses prétentions de gentilhomme accompli, ne se souvint
pas même des devoirs que l'hospitalité impose à
ceux qui la reçoivent, et Brummell, qui s'attendait
à opposer Dandysme à Dandysme, répondit à
l'air de la bouderie par cette élégante froideur
qu'il portait sur lui comme une armure et qui le
rendait invulnérable (1).

De tous les clubs de l'Angleterre, c'était précisément ce club Watier où la fureur du jeu dominait le plus. Il s'y passait d'affreux scandales.

(1) *Qui le faisait croire invulnérable* serait peut-
être mieux dit. Mais le beau soupir de lassitude de
Cléopâtre dans Shakespeare : « Ah ! si tu savais quel

Ivres de porto gingembré, ces *blasés*, dévorés de
spleen, y venaient chaque nuit cuver le mortel
ennui de leur vie et soulever leur sang de Normand, — ce sang qui ne bout que quand on
prend ou qu'on pille, — en exposant sur un coup de
dé les plus magnifiques fortunes. Brummell, on l'a
vu, était l'astre de ce fameux club. Il ne l'aurait
point été s'il ne se fût pas plongé au plus épais
du jeu et des paris qu'on y tenait. A la vérité, il
n'était ni plus ni moins joueur que tous ceux qui
s'agitaient dans ce charmant Pandemonium où
l'on perdait des sommes immenses avec l'indifférence parfaite qui, dans ces occasions, était pour
les Dandys ce qu'était la grâce pour les gladiateurs
tombant au Cirque. Beaucoup — ni plus ni moins
que lui — éprouvèrent dans tous les sens la
chance commune ; mais beaucoup aussi purent
l'affronter plus longtemps. Quoique habile à force
de sang-froid et d'habitude, il ne pouvait rien
contre le hasard qui devait mater le bonheur de
sa vie par la pauvreté de ses derniers jours. En
1814, les étrangers arrivés à Londres, les officiers
russes et prussiens des armées d'Alexandre et de
Blücher, redoublèrent la conflagration du jeu parmi

travail c'est que de porter cette nonchalance aussi
près du cœur que je la porte ! » est étouffé dans la
poitrine des Dandys. Ces stoïciens de boudoir
boivent dans leur masque leur sang qui coule, et
restent masqués. *Paraître,* c'est *être,* pour les Dandys
comme pour les femmes.

les Anglais. Ce fut pour Brummell le moment
terrible du désastre. Il y avait dans sa gloire et
dans sa position un côté aléatoire par lequel l'une
et l'autre devaient s'écouler. Comme tous les
joueurs, il s'acharna contre le sort et fut vaincu.
Il eut recours aux usuriers et s'engouffra dans les
emprunts; on a dit même : avec sa dignité, mais
rien de précis n'a été articulé à cet égard. Ce qui
aurait pu autoriser quelques bruits peut-être, c'est
qu'il était doué des qualités dangereuses qui re-
lèvent, par la pose, jusqu'à la bassesse (1), et
qu'il en abusa parfois. Ainsi, par exemple, on se
souvenait de l'avoir vu accepter, dans ses gênes
dernières, une somme assez considérable de quelqu'un qui voulait compter parmi les Dandys, en
se réclamant de l'homme qu'ils reconnaissaient
pour leur maître. Depuis, l'argent ayant été re-

(1) Ces qualités ont toujours entraîné ceux qui les
eurent. Voyez, par exemple, Henri IV, le duc d'Orléans (le Régent), Mirabeau, etc., etc. Henri IV ne
les avait qu'un peu, il est vrai ; mais le Régent les
avait beaucoup, et Mirabeau énormément. Mirabeau
mettait autant de fierté à secouer la fange, que le
duc d'Orléans de gaieté et de grâce à en affronter les
souillures. N'a-t-on pas vu celui-ci *spiritualiser* des
coups de pied au derrière ?... et de quel pied !... du
pied de bouc de Dubois. Plus coupables en cela, ces
profanateurs de facultés adorables, que Brummell,
car ils n'avaient pas comme lui, en face d'eux, une
société puritaine : ce qui explique tous les excès et
justifie de bien des torts.

demandé au milieu d'un cercle nombreux, Brummell avait tranquillement répondu à l'importun
créancier qu'il avait déjà été payé. « Payé !
quand ? » avait dit le prêteur surpris ; et Brummell
avait répondu avec son ineffable manière : « Mais
quand je me tenais à la fenêtre de White, et que
je vous ai dit, à vous qui passiez : *Jemmy, comment
vous portez-vous ?* » Une telle réponse traînait la
grâce jusqu'au cynisme, et il n'en faut pas beaucoup de semblables pour que les hommes qui les
entendent ne prennent plus la peine d'être justes.

Du reste, l'heure à laquelle on ne l'est plus pour
personne, l'heure du malheur, allait sonner pour
Brummell. Sa ruine était consommée ; il le savait.
Avec son impassibilité de Dandy, il avait calculé,
montre à la main, le temps qu'il devait rester sur
le champ de bataille, sur le théâtre des plus
admirables succès qu'homme du monde ait jamais
eus, et il avait résolu de n'y pas montrer l'humi-
liation après la gloire. Il fit comme ces fières coquettes qui aiment mieux quitter ce qu'elles
aiment encore que d'être quittées par qui ne les
aime plus. Le 16 de mai 1816, après avoir dîné
d'un chapon envoyé par Watier, il but une bou-
teille de Bordeaux (1), — Byron en avait bu deux

(1) Système physiologique anglais. Le courage
moral se détermine comme le courage physique. Les
Anglais sont de mauvais soldats s'ils sont mal nourris. La gloire de Wellington est d'avoir toujours été
un excellent fournisseur.

quand il avait répondu à l'article de la *Revue d'Édimbourg* par sa satire des *Bardes anglais et des Critiques écossais*, — et il écrivit, sans espoir et nonchalamment, comme un homme perdu tente le sort, cette lettre qu'on a déjà citée :

« Mon cher Scrope, envoyez-moi deux cents livres. La Banque est fermée et tous mes fonds sont dans le trois pour cent. Je vous rendrai cet argent demain matin. Tout à vous.

« GEORGES BRUMMELL. »

Il lui fut répondu immédiatement par Scrope Davies ce billet, spartiate de laconisme et d'amitié :

« Mon cher Georges, c'est très malheureux ; mais tous mes fonds sont dans le trois pour cent. Tout à vous.

« SCROPE. »

Brummell était trop Dandy pour se blesser d'un tel billet. Il n'était pas homme à moraliser là-dessus, dit spirituellement M. Jesse. Il avait jeté, par amour de joueur pour les décisions du hasard, une feuille sur l'eau, et l'eau l'emportait ! La réponse de Scrope avait une sécheresse cruelle ; mais elle n'était pas vulgaire. De Dandy à Dandy, l'honneur restait donc sain et sauf. Brummell fit une stoïque toilette et le soir même parut à l'Opéra. Il y fut ce qu'est le Phénix sur son bûcher et plus beau encore, car il sentait qu'il ne renaîtrait pas de ses cendres. En le voyant, qui

aurait dit un homme foudroyé ? Après l'opéra, la
voiture qu'il prit fut une chaise de poste. Le 17
il était à Douvres, et le 18 il avait quitté l'Angleterre. Quelques jours après ce départ, on vendit
by auction et par ordre du sheriff de Middlesex,
l'élégant mobilier du Dandy (*man of fashion*)
« parti pour le continent », ainsi que le disait le
livre de vente. Les acheteurs furent ce qu'il y
avait de plus à la mode à Londres et de plus distingué dans l'aristocratie anglaise. On comptait parmi
eux le duc d'York, les lords Yarmouth et Besbo-
rough, lady Warburton, sir H. Smyth, sir H.
Peyton, sir W. Burgoyne, les colonels Sheddon et
Cotton, le général Phipps, etc., etc. Tous voulaient, et payèrent comme des Anglais qui désirent,
ces reliques précieuses d'un luxe épuisé, ces objets
consacrés par le goût d'un homme, ces frêles
choses fungibles, touchées et à moitié usées par
Brummell. Ce qui fut payé le plus cher par cette
société opulente, chez laquelle le superflu était
devenu le nécessaire, fut précisément ce qui avait
le moins de valeur en soi, les babioles (*the knick-
knacks*) qui n'existent que par la main qui les a
choisies et le caprice qui les a fait naître. Brummell
passait pour avoir une des plus nombreuses
collections de tabatières qu'il y eût en Angleterre.
On en ouvrit une dans laquelle on trouva, écrit
de sa main : « Je destinais cette boîte au Prince
Régent, s'il s'était mieux conduit avec moi. » Le
naturel d'une pareille phrase la rend plus imper-

11

tinente encore. Il n'y a que des fatuités de petite
espèce qui manquent de simplicité.

Arrivé à Calais, « cet asile des débiteurs anglais, » Brummell chercha à tromper l'exil. Il avait
emporté dans sa fuite quelques débris de sa ma-
gnificence passée, et ces débris d'une fortune
anglaise étaient presque une fortune en France.
Il loua chez un libraire de la ville un appartement qu'il meubla avec une somptueuse fantaisie, et de manière à rappeler son boudoir de
Chesterfield-Street ou ses salons de Chapel-Street,
dans Park-Lane. Ses amis, s'il est permis de tracer
un mot si sincère, car les amis d'un Dandy sont
toujours un peu les sigisbées de l'amitié, four-
nirent aux dépenses de sa vie, qui garda longtemps
un certain éclat. Le duc et la duchesse d'York,
avec lesquels il s'était lié plus étroitement depuis
sa rupture avec le prince de Galles, M. Chamber-
layne et beaucoup d'autres, alors et plus tard,
vinrent très noblement en aide au *Beau* malheureux, montrant ainsi, et plus éloquemment que
jamais, la force d'impression qu'il avait exercée
sur tous ceux qui l'avaient connu. Il fut pensionné
par les hommes qu'il avait charmés, comme un
écrivain, un orateur politique le sont quelquefois
par les partis dont ils représentent les opinions.
Cette libéralité, qui n'emporte avec elle aucune
idée dégradante dans les mœurs anglaises, n'était
pas nouvelle. Chatham n'avait-il pas reçu une
somme considérable de la vieille duchesse de

Marlborough pour un discours d'opposition, et
Burke lui-même, qui n'avait pas la largeur de
Chatham et qui faisait du *bombast* en vertu comme
en éloquence, n'avait-il pas accepté du ministre,
le marquis de Rockingham, une propriété qui le
rendit éligible au Parlement? Ce qui était nouveau,
c'était la cause même de cette libéralité. On était
reconnaissant au nom d'un plaisir senti comme
au nom d'un service rendu, et l'on avait raison ;
car le plus grand service à rendre aux sociétés
qui s'ennuient, n'est-ce pas de leur donner un peu
de plaisir?

Mais il y eut plus étonnant encore que cet
exemple d'une reconnaissance toujours rare.
L'ascendant du Dandy n'était pas mort du coup
de l'absence ; il survivait à son départ. Les salons
de la Grande-Bretagne s'occupèrent autant de
Brummell exilé que quand il était là, dictant ses
arrêts à ce monde qu'on soumet quand on l'aime,
mais qui écrase quand on le fuit. L'attention publique perçait le brouillard, franchissait la mer et
l'atteignait sur l'autre rive, dans cette ville étrangère où il s'était réfugié. La fashion fit maint
pèlerinage à Calais. On y vit les ducs de Wellington, de Rutland, de Richmond, de Beaufort, de
Bedford ; les lords Sefton, Jersey, Willoughby
d'Eresby, Craven, Ward et Stuart de Rothsay.
Aussi superbe qu'à Londres, Brummell conserva
toutes les habitudes de sa vie extérieure. Un jour,
lord Westmoreland, passant par Calais, lui manda

qu'il serait heureux de lui donner à dîner et que
le dîner serait pour trois heures. Le *Beau* répondit
qu'il ne mangeait jamais à cette heure-là, et refusa
Sa Seigneurie. Il vivait, du reste, avec la monotone
routine des Anglais oisifs sur le continent, et dans
une solitude troublée seulement par les visites de
ses compatriotes. Quoiqu'il n'affectât pas de hauteur aristocratique ou misanthropique, sa courtoisie
avait si grand air qu'elle n'attirait pas beaucoup
les hommes dont le hasard l'avait rapproché ; il
restait étranger par le langage (1), et il le restait
davantage par les habitudes de son passé. Un
Dandy est plus insulaire qu'un Anglais ; car la
société de Londres ressemble à une île dans une
île, et d'ailleurs il ne faut pas être trop souple
pour y paraître distingué. Cependant, malgré sa

(1) On sait la plaisanterie de Scrope Davies, à la
quelle Byron fit l'honneur d'un écho dans un de ses
poëmes : « Comme Napoléon en Russie, Brummell,
apprenant le français, fut vaincu par les *éléments*. »
C'est trop que cela, mais c'est une plaisanterie. Il
resta, il est vrai, incorrect et Anglais dans notre
langue, comme toutes ces bouches accoutumées à
mâcher le caillou saxon et à parler au bord des
mers ; mais sa manière de dire, corrigée par l'aristocratie, sinon par la propriété des mots, et ses manières de *gentleman* irréprochable, donnaient à ce
qu'il disait une distinction étrange et étrangère, une
originalité sérieuse, quoique piquante, et qui n'existait pas à ses dépens.

réserve un peu orgueilleuse (1), il résistait moins
aux avances quand on les faisait sous les appa-
rences d'un bon dîner. Son amour de la table, fin
comme un goût et exigeant comme une passion,
avait toujours été un des côtés les plus développés
de son sybaritisme. Cette sensualité, assez commune chez les hommes spirituels, rendait sa vanité moins intraitable ; mais son incomparable
aplomb couvrait tout. « Qu'est cela qui vous
salue, Sefton ? » disait-il à lord Sefton dans une
promenade publique ; et c'était l'honnête provin-
cial chez lequel lui, Brummell, dînait le jour
même, qui le saluait.

Il habita Calais plusieurs années. Sous le vernis
de cette vanité toujours en grande tenue, il cacha
probablement bien des douleurs. Parmi toutes les
autres, il y en eut aussi d'intelligence. En effet,
suprêmement homme de conversation, la conversation lui était devenue impossible (2). Son esprit,

---

(1) Les Dandys ne brisent jamais complétement
en eux le puritanisme originel. Leur grâce, si grande
qu'elle soit, n'a point le *dénoué* de celle de Richelieu ;
elle ne va jamais jusqu'à l'oubli de toute réserve.
« A Londres, quand on est prévenant, dit le prince
de Ligne, on passe pour étranger. »

(2) On *parle* plusieurs langues, mais on ne *cause*
que dans une seule. Paris même, pour Brummell,
n'aurait pas remplacé Londres. D'ailleurs, Paris n'est
pas plus le pays de la causerie que toute autre ville
maintenant. La conversation y est à peu près nulle,

qui avait besoin pour s'enflammer de l'étincelle de
l'esprit d'autrui, demeurait sans ressources. Rude

et Mme de Staël n'aimerait plus guères son *ruisseau
de la rue du Bac*. A Paris, on pense trop à l'argent
qu'on n'a pas et l'on se croit trop l'égal de tout le
monde pour bien causer. On ne jette pas plus l'esprit
par les fenêtres qu'autre chose. A Londres, les
intérêts d'une fortune à faire agitent et dominent
beaucoup d'esprits ; mais à une certaine hauteur, on
trouve une société qui peut penser à mieux que
cela. Puis il y a des rangs, un classement (bon ou
mauvais, ce n'est pas la question ici), et voilà ce
qui fait mousser l'esprit en le comprimant. Dans
une pareille société, il faut tant de finesse pour être
impertinent et tant de grâce pour que les politesses
donnent du plaisir ! Or, les difficultés créent les
héros. Mais, à Paris, c'est trop facile que la vie de
salon ; c'est entrer et sortir. Les écrivains, les
artistes, qui devraient ranimer les sensations dans les
autres et du moins avoir toujours sur leur esprit la
limaille d'or de leurs travaux, sont dans le monde
aussi éteints que les gens médiocres. Fatigués de
penser ou de faire semblant toute la journée, ils y
viennent le soir se délasser à écouter la musique qui
les fait rêver comme les fakirs, ou à prendre du
thé comme des Chinois. Je ne connais qu'une
exception...
   Brummell vint à Paris ; mais il n'y resta pas.
Qu'y eût-il fait ? il n'avait plus le luxe qui l'aurait
rendu charmant, eût-il été bête et laid autant
que le prince T... Il n'avait que des manières dont
le sens se perd de plus en plus tous les jours. On
n'eût rien compris au passé d'un pareil homme :
triste impression pour lui, et pour les autres triste
spectacle ! Mme Guiccioli en a donné un pareil, et
pourtant c'était une femme, et il y a toujours du sexe
et des nerfs dans nos opinions.

angoisse que Mme de Staël a sentie ! La pensée
qu'il lançait son nom jusqu'à Londres, que les plus
pimpants de ce monde qu'il ne hantait plus venaient de temps en temps lui apporter quelque
souvenir mêlé d'une curiosité impérissable, ne
suffisait plus pour le dédommager de ce qu'il
avait perdu. Mais la vanité d'un Dandy, quand
elle souffre, est presque de l'orgueil ; elle devient
muette comme la honte. Qui a tenu compte de
cela à l'homme frivole? Ne sachant peut-être
comment occuper des facultés désormais inutiles,
il se jeta dans une correspondance avec la duchesse
d'York, pour laquelle il peignit un écran très
compliqué et dont il inventa les figures. A Belvoir,
à Oatlands, partout, le duc et la duchesse d'York
l'avaient comblé ; mais, depuis la trahison de la
fortune, la duchesse lui avait montré un sentiment qui jette un reflet de sérieuse tendresse sur
cette vie brillante et aride (1). Brummell ne

(1) Ce sentiment est singulier. L'amitié n'existe
pas entre les femmes (pourquoi la vérité n'est-elle
pas toujours originale ?), et un Dandy est femme
par certains côtés. Quand il ne l'est plus, il est pis
qu'une femme pour les femmes ; c'est un de ces
monstres chez qui la tête est au-dessus du cœur.
Même en amitié, c'est détestable. Il y a dans le
Dandysme quelque chose de froid, de sobre, de
railleur et, quoique contenu, d'instantanément mobile, qui doit choquer immensément ces dramatiques
machines à larmes pour qui les attendrissements sont
encore plus que la tendresse. Dans l'extrême jeunesse,

l'oublia jamais. Il paraît même que, sans l'amitié
de la duchesse d'York, à laquelle il avait promis
de ne point révéler ce qu'il savait de la vie intime
du Régent, il aurait écrit des Mémoires et refait
ainsi sa fortune ; car les libraires de Londres lui
proposèrent des sommes immenses pour prix de
ses indiscrétions. Ce silence, très délicat du reste,
(que la duchesse le lui ait fait garder ou qu'il l'ait
gardé de lui-même), ne toucha pas beaucoup
l'épais égoïsme de Georges IV. Quand il traversa
Calais, il est vrai, pour aller visiter son royaume
de Hanovre (1821), il laissa, avec la mollesse
d'une âme blasée, arranger les choses autour de
lui pour une réconciliation ; mais Brummell ne se
prêta qu'à moitié à ces combinaisons officieuses.
Comme *la vanité ne nous lâche jamais, même sur
la roue*, il ne voulait point demander d'audience

par exemple, l'odieux puritanisme les choque moins.
Les jeunes gens très graves plaisent aux très jeunes
personnes. Dupes d'une pose, et bien souvent d'un
embarras qui se guinde pour n'être pas aperçu, elles
rêvent la profondeur devant le vide. Avec un Dandy,
devant la légèreté de l'esprit elles rêvent cette autre
légèreté dont les mères parlent, en pinçant le bec,
devant leurs filles. Malgré cela pourtant, — et peut-
être à cause de cela, car elles ne dominent pas qui
les domine, — elles peuvent très bien aimer d'amour
un insupportable Dandy ; et, en général, qui ne
peut-on aimer d'amour dans la vie ? Mais il ne s'agit
ici que d'amitié, c'est-à-dire encore plus d'un choix
que d'une sympathie.

au Prince qui n'était qu'un Dandy fort inférieur à
ce qu'il était, lui, à ses propres yeux. Placé sur
le passage de Georges, il s'y tint avec une douloureuse contrainte. L'ancien convive de Carlton-
House le vit sans l'espèce d'émotion qu'on trouve
à revoir un compagnon de sa jeunesse, — ce
regret souriant du passé, poésie à l'usage des
plus vulgaires. Dans un autre moment, comme
on lui offrit une tabatière qu'il reconnut pour avoir
fait partie de la fameuse collection de Brummell,
il demanda qu'on le lui présentât et fixa l'heure
de la réception pour le lendemain. Que serait-il
arrivé s'il l'avait vu ? Le *Roi de Calais*, comme on
disait de Brummell, serait-il retourné régner à
Londres ? Mais le lendemain, des dépêches ayant
forcé Georges IV d'avancer son départ, Brummell
fut parfaitement oublié. Son peu d'empressement
avait été au moins égal à l'indifférence du Prince.
C'était une faute que cet indolent dégoût de toute
avance vis-à-vis du roi d'Angleterre, quand on se
place au point de vue de la politique de la vie ;
mais s'il ne l'avait pas commise, il aurait été
moins Brummell (1).

(1) On pense involontairement aux vers divins
dans le *Sardanapale* :
    If. . . . .
    . . . thou feel'st an inward shrinking from This
leap through flame into the future, say it : *I shall*

12

Depuis, Georges IV ne reparla jamais du Dandy
aperçu à Calais ; il retomba dans l'engourdissement
des souvenirs. Brummell ne se plaignit pas ; il
garda le ferme et discret silence qui est le bon
goût de la fierté. Pourtant les évènements qui
suivirent eussent motivé, dans une âme plus faible,
bien des récriminations. En très peu de temps,
ses ressources d'Angleterre s'épuisèrent, les dettes
vinrent, la misère aussi. Il allait commencer de
descendre cet escalier de l'exil dans la pauvreté
dont parle Dante, et au bas duquel il devait
trouver la prison, l'aumône et un hôpital de fous
pour y mourir. La main qui l'arrêta encore sur
les premières marches de cet horrible escalier fut
une main royale, la main de Guillaume IV, dont
le gouvernement créa une place de consul à Caen
et la lui donna. D'abord maigrement rétribué,
ce poste finit par ne plus l'être ; il s'effaça sous
l'incapacité (1) dédaigneuse de Brummell à le
remplir (2). Plus tard même il lui fut ôté. Les
gouvernements, qui devraient classer les hommes,

---

*not love thee less ; may, perhaps more, For yielding to
thy nature...*
    « Si tu ne peux sans froide horreur songer à te
lancer dans l'avenir à travers ces flammes, dis-le :
*Je ne t'en aimerai pas moins, oh ! non, et peut-être t'en
aimerai-je davantage, pour avoir cédé à ta nature.* »

    (1) L'*impossibilité* dédaigneuse serait plus juste.

    (2) Il lui fallait des hommes à séduire, et on lui
donna des affaires à régler. Si le caprice, si le bonheur

quand il les placent à rebours de leur vocation
croient-ils avoir fait beaucoup pour eux ? Le temps
que Brummell passa à Caen fut une des plus
longues phases de sa vie. La Noblesse de cette
ville montra, par l'accueil qu'elle lui fit et la con-
sidération dont elle l'entoura, que les ancêtres
des Anglais étaient des Normands. Cela put lui
adoucir, mais non lui épargner les angoisses qui
déchirèrent ses derniers jours. M. Jesse a fait le
compte de ces abaissements, de ces douleurs :
nous, nous les tairons. Pourquoi les raconter ?
C'est du Dandy qu'il est question, de son influence,
de sa vie publique, de son rôle social. Qu'importe
le reste ? Quand on meurt de faim, on sort des
affectations d'une société quelconque, on rentre
dans la vie humaine : on cesse d'être Dandy (1).

fou de la moitié de sa vie ne l'avaient pas rendu
impropre à tout ce qui est fonction et devoirs publics,
il y avait peut-être en lui des facultés de diplomate
que l'on pouvait utiliser. On dit *peut-être ;* on n'appuie
pas. Lord Palmerston a trop montré ce que le Dandysme peut devenir en politique, lorsqu'il est seul.
Henri de Marsay est une bien tentante fantaisie ;
mais c'est une destinée faite par un poète. On ne
dit pas qu'il soit impossible ; mais c'est le moins
possible des héros de roman.

    (1) Cessa-t-il même de l'être jamais ?... Un jour,
un Vénitien qui se contentait d'être alors le Casanova de la musique et qui en est devenu le Gustave
Planche, — M. P. Scudo, présentement de la
Revue des Deux Mondes, — donnait à Caen un de

Laissons cela. Seulement, rendons cette justice à
Brummell qu'il le fut aussi avant qu'homme

ces concerts dans lesquels, comme mime et comme
musicien, il dépensait un esprit à camper le tétanos
aux imbéciles, si les imbéciles étaient nerveux. Il
voulut avoir à sa soirée le Dandy exilé qui était encore une puissance *rue Guillebert*. L'ayant rencontré
chez un ami, il l'invita, et tirant de sa poche son
paquet de billets (à peu près trois cents), il l'ouvrit
comme un jeu de cartes pour lui en offrir quelques-
uns, quand souverainement, et avec la simplicité
d'un Dandy à qui le monde appartient, Brummell
les prit tous d'un seul geste ! « Il ne les paya jamais,
dit M. Scudo, mais cela fut admirablement exécuté,
et j'eus, pour mon argent, une idée de plus sur l'Angleterre. »
C'est à peu de temps de là que Brummell devint
fou, et comme le Dandysme, plus fort que sa raison,
avait pénétré l'homme tout entier, sa folie se timbra
de Dandysme. Il eut la rage de l'élégance au désespoir. Il n'ôtait plus son chapeau dans la rue
quand on le saluait, de peur de déranger sa perruque,
et il rendait le salut de la main comme Charles X.
Il vivait à *l'hôtel d'Angleterre*. A certains jours, et au
grand étonnement des gens de l'hôtel, il ordonnait
qu'on lui préparât son appartement comme pour une
fête. Lustres, candélabres, bougies, fleurs en masse,
rien n'y manquait, et lui, sous le feu de toutes ces
lumières, dans la grande tenue de sa jeunesse, avec
l'habit bleu Whig à boutons d'or, le gilet de piqué
et le pantalon noir, collant comme les chausses du
XVIe siècle, se tenant au centre, il attendait... Il
attendait l'Angleterre morte ! Tout à coup, et comme
s'il se fût dédoublé, il annonçait, à pleine voix, le
prince de Galles, puis lady Connyngham, puis lord
Yarmouth, et enfin tous ces hauts personnages

puisse l'être dans la pauvreté et dans la faim. La faculté qui chez lui dominait resta longtemps debout sur les ruines de sa vie. Les autres, qui n'existaient que pour soutenir celle-là en s'harmonisant avec elle, ne purent rien pour sa gloire et pas grand'chose pour son bonheur. Ainsi, il était poète. Il avait juste en lui le degré d'imagination nécessaire à un homme dont la vocation

d'Angleterre dont il avait été la loi vivante ; et, croyant les voir apparaître à mesure qu'il les appelait et changeant de voix, il allait les recevoir à la porte, ouverte à deux battants, de ce salon vide, par laquelle ne devait, hélas ! passer personne, ce soir-là ni les autres soirs. Et il les saluait, ces chimères de sa pensée, il offrait le bras aux femmes, parmi tous ces fantômes qu'il venait d'évoquer, et qui, certes ! pour revenir à ce raout du Dandy déchu, n'auraient pas voulu quitter un seul instant leurs tombes. Cela durait longtemps... Enfin, quand tout était plein de ces fantômes, quand tout ce monde de l'autre monde était arrivé, voilà que la raison arrivait aussi et que le malheureux s'apercevait de son illusion et de sa démence ! et c'est alors qu'il tombait accablé dans un de ses fauteuils solitaires, et qu'on l'y surprenait fondant en pleurs.

Mais, au Bon-Sauveur, ses folies furent moins touchantes. Le mal empira et prit un caractère de dégradation qui sembla une revanche de l'élégance de sa vie. Impossible de rien raconter... Affreuse ironie du terrible Railleur, caché au fond des choses, qui finit par avoir son tour dans la vie légère de ceux qui ont le plus raillé ! Le pavillon du Bon-Sauveur fit payer à Brummell le pavillon de Brighton. Il aura passé entre ces deux pavillons.

est de plaire ; mais ce qu'il a laissé de poésies, remarquable pour un Dandy, n'illustrerait pas un écrivain (1). Nous n'avons donc point à nous en occuper. Dans cette étude d'homme si spécial à sa manière, tout ce qui n'est pas la vocation même, le doigt de Dieu sur l'intelligence, doit être laissé à l'écart.

(1) M. Jesse, que désormais il faudra toujours nommer quand il s'agira de Brummell, a cité dans son livre des vers du célèbre Dandy. Brummell les avait écrits sur un très bel album où Sheridan, Byron, Erskine même, avaient écrit les leurs. Ce ne sont point des vers d'album, quelques lignes tracées à la hâte, mais des pièces assez étendues et d'un certain souffle d'inspiration.

XII

N sait maintenant quelle fut cette
vocation et comme il la remplit. Il
était né pour régner par des facultés très positives, quoique Mon-
tesquieu, un jour, dépité, les ait appelées le *je ne
sais quoi*, au lieu de montrer ce qu'elles sont. Ce
fut par là qu'il prima son époque. Comme l'aurait
dit le prince de Ligne : « Il fut roi par la grâce
de la Grâce ; » mais à la condition qui pèse sur
nous tous, chercheurs d'influence, d'accepter de
son temps les préjugés et même jusqu'à un certain point les vices. Aveu triste à faire pour les
chastes amis du vrai en toutes choses : si sa grâce
avait été plus sincère, elle n'aurait pas été si
puissante ; elle n'eût pas séduit et captivé une
société sans naturel. A quel degré de civilisation
raffinée, de corruption secrète, la société anglaise

est-elle en effet arrivée, pour que ce soit un mot profond et juste que celui-ci, dit à propos d'un Dandy comme Brummell : *Il déplaisait trop généralement pour ne pas être recherché* (1) ? Ne reconnaît-on pas là le besoin d'être battues qui prend quelquefois les femmes puissantes et débauchées ? Est-ce que la grâce simple, naïve, spontanée, serait un stimulant assez fort pour remuer ce monde épuisé de sensations et garrotté par des préjugés de toute sorte ? Si l'on restait parfaitement soi dans un tel milieu, que serait-on ? à peine aperçu par quelques âmes d'élite, restées saines et grandes (2) : public, hélas ! bien incertain. Or, on est vaniteux, on veut l'approbation des autres ; mouvement charmant du cœur humain que l'on a trop calomnié. C'est toute l'explication peut-être des affectations du Dandysme. Il ne serait donc, en définitive, que la grâce qui se fausse pour être mieux sentie dans une société fausse (3), et, dans ce sens, que le

---

(1) Bulwer, dans *Pelham*.

(2) Comme cette miss Cornel, par exemple, cette actrice que Stendhal a tant vantée. Mais pour s'apercevoir de la grandeur simple de cette âme, rare comme un diamant noir à Londres, il fallait Stendhal, c'est-à-dire un homme spirituellement positif jusqu'au machiavélisme, mais qui aimait le naturel comme certains empereurs romains aimaient l'impossible.

(3) A laquelle manque l'instinct des beaux-arts, car

naturel, bien compromis, il est vrai, mais impérissable.

On l'a dit au commencement de cet écrit : le
jour où la société qui produit le Dandysme se
transformera, il n'y aura plus de Dandysme ; et
comme déjà, malgré son attache à ses vieilles
mœurs qui ressemble à un fatal esclavage, l'aristocratique et protestante Angleterre s'est fort
modifiée depuis vingt ans, il n'est guères plus que
la tradition d'un jour. Qui l'aurait cru, ou plutôt
qui aurait pu ne pas le prévoir ? Cette modification
s'est produite dans le sens d'une pente invariable.
Victime de sa vie historique, l'Angleterre, après
avoir fait un pas vers l'avenir, revient s'asseoir
dans son passé. Si haut qu'elle cingle sur la mer
du temps, elle ne brise jamais entièrement —

il lui manque. Les noms de Lawrence, de Romney,
de Reynolds et de quelques autres n'éclairent que
mieux cette indigence. Le peuple romain n'était pas
artiste parce qu'il avait des joueurs de flûte. L'art
n'existe que littérairement en Angleterre. Michel-
Ange, c'est Shakespeare. Comme tout est singulier
dans ce pays original, le meilleur sculpteur qu'il ait
produit était une femme, lady Hamilton, digne d'être
Italienne, et qui sculptait, par la pose, dans le marbre
du plus beau corps qui ait jamais palpité. Statuaire
étrange qui était aussi la statue, et dont les chefs-
d'œuvre sont morts avec elle ; gloire viagère qui n'a
pas plus duré que les frémissements de la vie et
l'ardente émotion de quelques jours. C'est encore
une page à écrire ; mais où prendre la plume de
Diderot pour la tracer ?

13

comme le *Corsaire* de son plus grand poète —
la chaîne qui l'attache au rivage. Pour elle, qui
retient tout, qui garde tout, *marble to retain,*
l'habitude asservit d'étrange sorte. Pour elle, la
septième peau du serpent ressemble toujours à la
première qu'il a dépouillée. On croit un instant
la trace de ce qui n'est plus évanouie : on écrit
sur ce palimpseste, et il ne faut qu'une circon-
stance pour que ce qu'on croyait effacé reparaisse,
lisible, ferme, éclatant. Aujourd'hui, le Puritanisme, auquel le Dandysme, avec les flèches de sa
légère moquerie, a fait une guerre de Parthe, —
en le fuyant plutôt qu'en l'attaquant de front, —
le Puritanisme blessé se relève et panse ses
blessures. Après Byron, après Brummell, — ces
deux railleurs d'un ordre si différent, mais d'une
influence peut-être égale, — qui n'aurait pas cru
sur le flanc la vieille moralité anglicane ? Eh bien,
non ! elle n'y est pas. Le *cant* indéfectible, immortel, a vaincu encore. L'aimable fantaisie n'a qu'à
jeter son sang d'essence de roses vers le ciel. Elle
succombe sous l'opiniâtre nature de ce peuple
indomptablement coutumier, l'absence de ces
grands écrivains qui électrisent les imaginations
et leur communiquent toutes les audaces (1),

(1) Cette absence d'écrivains n'est pas complète,
puisqu'il y a Th. Carlyle ; mais quel dommage qu'il
préfère souvent le sédatif éther du spiritualisme
allemand à ce caviar aiguisé et aimé des Anglais,
qui donne des sensations si nettes !

et enfin l'influence sur la haute société d'une reine qui a l'affectation de l'amour conjugal, comme Élisabeth avait celle de la virginité. Quelles meilleures sources d'hypocrisie et de spleen ? Le Méthodisme, qui était passé des mœurs dans la politique, repasse, à l'heure qu'il est, de la politique dans les mœurs. Un poète, un homme de race, qui tient de sa naissance le très facile courage d'avoir une opinion indépendante, comme il pourrait attendre de son talent une inspiration vraie, lord John Manners, ne vient-il pas de publier un volume de poésies en l'honneur de l'Église établie d'Angleterre ? Shelley, l'athée, n'aurait plus même la sécurité de l'exil. Le libéralisme d'idées, qui avait lui comme un rayon de l'intelligence de ses plus grands hommes sur ce pays du pharisaïsme hautain, de la convenance glacée et menteuse, n'a brillé qu'un moment rapide, et la momie du sentiment religieux, le Formalisme, y règne toujours au fond de son sépulcre blanchi. Tout est fini, tout est mort de cette belle société dont Brummell fut l'idole parce qu'il en était l'expression dans les choses du monde, dans les relations de pur agrément. De Dandy comme Brummell on n'en verra plus ; mais des hommes comme lui, et même en Angleterre, quelque livrée que le monde leur mette, on peut affirmer qu'il y en aura toujours. Ils attestent la magnifique variété de l'œuvre divine : ils sont éternels comme le caprice. L'humanité a autant besoin d'eux et de leur attrait que de ses plus imposants héros, de ses grandeurs les plus austères. Ils donnent à des créatures intelligentes le plaisir auquel elles ont droit; ils entrent dans le bonheur des sociétés comme d'autres hommes font partie de leur moralité. Natures doubles et multiples, d'un sexe intellectuel indécis, où la grâce est plus grâce encore dans la force et où la force se retrouve encore dans la grâce, androgynes de l'Histoire, non plus de la Fable, et dont Alcibiade fut le plus beau type chez la plus belle des nations!

FIN DU DANDYSME ET DE G BRUMMELL

UN DANDY

D'AVANT

LES DANDYS

UN DANDY

D'AVANT LES DANDYS

I

ETTE étude sur le Dandysme, et sur l'homme qui le particularise le plus exactement et le plus irréductible-ment en sa personne, est-elle com-plète et donnera t-elle une idée suffisante de la chose si profondément, — si *insulairement* anglaise du Dandysme ? Tout anglaise qu'elle soit, no-nobstant, on l'a vu, cette chose n'est pas exclu-sivement un phénomène de société, — une *monstruosité*, pourraient dire les puritains et les

cœurs tendres, qui se rencontreraient, de cette
fois. Le Dandysme a sa racine dans la nature
humaine de tous les pays et de tous les temps,
puisque la vanité est universelle. Ce qu'on pourrait
appeler la *corde du Dandysme* dort, pour s'éveiller,
au milieu des trente-six mille cordes qui composent
ce diable d'instrument si compliqué et parfois si
détraqué de la nature humaine. Mais c'est l'Angleterre qui l'a le mieux fait retentir ! On a cité
Richelieu et on l'a opposé à Brummell pour faire
sentir la différence qu'ont mise entre eux la société
et la race, à ces deux fats, bâtis sur le même
pilotis ! Richelieu, en effet, avait la *corde du Dandysme*, mais sa vibration était couverte en lui par
d'autres vibrations plus puissantes. Un Dandy
encore, d'avant les Dandys, comme Richelieu,
avant même que la chose nommée *Dandysme* fût
nommée et que des observateurs à l'analyse super-
fine l'eussent étudiée comme une chose en soi,
fut Lauzun,— Lauzun, bien plus fort que Richelieu,
quoiqu'il n'ait pas pris Port-Mahon...

Il avait pris plus difficile... C'était la grande
Mademoiselle, et il la prit tout seul, — ce que ne
fit pas Richelieu pour Port-Mahon. — Chose à
noter ! il la prit surtout par le Dandysme qui était
en lui, sans qu'il s'en doutât, — ni elle non plus !
Lauzun était digne d'être Anglais. S'il l'eût été, il
aurait fait un des plus magnifiques Dandys de
l'Angleterre. Il avait l'égoïsme anglais, — le plus
terrible égoïsme qui ait existé depuis l'égoïsme

romain... De mise, d'originalité — mais nuancée
— dans la mise, de prétention de n'être pas
comme les autres, quand les autres étaient tous
égaux devant Louis XIV ; de sang-froid, de gouvernement de lui-même, d'inattendu dans la conduite (car un des caractères des Dandys, c'est de
ne jamais faire ce qu'on attend d'eux), Lauzun
fut un Dandy. Il eut la vanité impitoyable, la
vanité tigre des Dandys. Rappelez-vous la scène
(dans les Mémoires de Saint-Simon) où il met son
talon sur la main d'une duchesse — les talons se
portaient hauts, sous Louis XIV, comme celui des
femmes d'aujourd'hui (1879), — et où il pirouette
sur ce talon pour l'enfoncer dans la chair, comme
un villebrequin. C'est à faire crier le lecteur, s'il
est nerveux... Il y aurait à écrire une belle étude
sur Lauzun, si elle n'avait déjà été écrite ; mais
elle l'a été, et, pour comble de fortune dans la
fatuité, elle l'a été par la princesse qui, de toutes
les femmes, a le plus follement aimé Lauzun. Ce
César Borgia avec les femmes, et entre toutes
avec celle-là, ce César Borgia qui en aurait remontré
à Machiavel, n'a pas eu besoin d'écrire ses *Com-
mentaires* comme le grand César... Ils ont été
écrits par la femme sa conquête, — une princesse
amoureuse et maltraitée, et restée amoureuse, —
tandis que Brummell n'a eu d'historiens que
M. Jesse et moi.

D'adorables pages dans les *Mémoires de Mlle de
Montpensier* donnent la mesure de Lauzun, — de

14

ce Dandy d'avant le Dandysme et de cet Anglais
de France. Cela vaut un roman de Stendhal. Et,
certes ! c'est bien ici, et non ailleurs, la place
pour en parler.

A grande Mademoiselle y est d'une originalité de princesse inconnue maintenant, et d'une manière de sentir presque incompréhensible à nos pieds-plates mœurs. J'y trouve une belle chose des temps passés : *l'orgueil dans le respect de soi et de sa race, qui est encore plus que soi.* Elle était plus Bourbonne que femme, et je conçois maintenant qu'elle fût contente d'avoir les dents noires, parce que c'étaient les dents de sa Maison.

Jusqu'à l'arrivée de Lauzun, elle passe, dans ces *Mémoires*, sans une palpitation de cœur pour personne, n'ayant envie que d'épouser le vieil empereur d'Allemagne, uniquement parce qu'il est empereur. Courtisée par le roi d'Angleterre (Charles II, alors en France), elle ne s'en soucie. Elle voit d'un œil calme s'écrouler tous les châteaux de cartes, en fait de mariages, qu'on bâtit

autour d'elle, préoccupée de cela seul qu'il ne
faut pas faire déroger une fille de France ! Si elle
a rêvé, comme on l'a dit, de son cousin germain,
Louis XIV, rien n'en transpire en ses *Mémoires*.
L'orgueil impose silence à l'orgueil.

Cette princesse de *substance*, cette âme qui ne
s'était émue que d'étiquette, cet être de céré-
monial qui n'avait de visée que la grandeur, —
une grandeur de théâtre et d'opinion, — (*l'honneur* de Montesquieu), vers quarante-trois ans
sent quelque chose s'agiter dans sa tête pour un
homme. La nèfle est mûre... Une vierge de quarante-trois ans ! vierge de tout... peut-être même
de curiosité, quelle passion ce doit être ! et racontée par Elle !... Cela doit être un livre inouï,
et cela l'est... pour les connaisseurs.

Nous sommes ici très loin du cynisme de Rousseau et des franchises modernes; et cependant, regardez-y! elle est naïve à sa manière. Elle est vraie d'orgueil. Elle grandit l'homme qu'elle aime. Mais elle ne va pas au-delà de ce grandissement. Il est évident qu'il était impossible qu'à ses yeux l'homme pour qui, à quarante-trois ans, elle allait éprouver cet amour dont rien, dans sa vie, ne lui avait donné l'idée, ne fût pas supérieur à tous les autres; et dans la cour du grand Roi, jeune et beau alors comme un soleil de mai, il était difficile d'être supérieur à tous les autres par l'esprit, les manières, la beauté. Mais la supériorité de Lauzun, dans ce siècle de la Convenance où tout se ressemblait, c'est l'extraordinaire; c'est ce que nous appellerions maintenant, car alors le mot n'existait pas : l'originalité. Avant de l'aimer, déjà, dans un carrousel, Mademoiselle est frappée

de l'air de Lauzun (il était alors comte de Péguy-
lem) et de sa devise orgueilleuse : une fusée qui
monte dans les nues avec cette devise en espagnol :
Je vais le plus haut qu'on peut monter. Elle la trouve
singulière, cette devise. Singulière ! le mot y est.

Lauzun, avant d'être capitaine des Gardes, était
colonel des dragons, dont les bonnets, dit-elle,
« marquaient une espèce de bravoure dans cette
troupe *qu'on ne voyait pas dans les autres...* »
« Leur colonel parut, — ajouta-t-elle, — avec un air
qui le distinguait autant des *autres* officiers qu'il
l'avait fait dans les occasions *où ils ne pouvaient
l'imiter qu'avec peine...* Il était *extraordinaire* en
tout... Pour moi, qui le trouvais un homme d'esprit, j'aurais aimé, dès ce temps-là, à lui parler,
tant la réputation d'honnête homme et d'homme
singulier me touche ! Il était *particulier.* Il se com-
muniquait à peu de gens. Je savais cela plus par
autrui que par moi-même. » Quand il fut nommé
capitaine des Gardes, dont il prit le bâton et fit
la fonction, dit-elle encore, « avec un air grand
et aisé, plein de soins, sans *empressement,* je
commençai à le regarder comme un homme *extraordinaire* (c'est toujours la grande impression
qu'il lui fait), très agréable en conversation, et je
cherchais les occasions de lui parler. Je lui trouvais des manières d'expression que je ne voyais
pas dans les *autres gens.* »

Tel fut donc son premier charme, à ce char-
meur ! Dans ce grand siècle de la Convenance et

dans ce cœur marbrifié de princesse, vous sentez
bien qu'il n'y a pas ce que le siècle suivant appela
le *coup de foudre*. On n'est pas nerveux et le
magnétisme du regard est inconnu. Lauzun s'enfonce peu à peu dans l'attention de cette femme
ennuyée et qui trouvait probablement, et peut-être
sans bien s'en rendre compte, que tout se ressemblait par trop dans cette cour solennelle.
Comme, si princesse que l'on soit, on a encore
de la vanité féminine, *l'homme à femmes* en Lauzun donnait son petit coup d'aiguillon dans ce
sang si fier. Elle dit en parlant d'Henriette d'Angleterre, duchesse d'Orléans : « Je n'avais aucun
soupçon qu'il pût avoir pour elle de la *galanterie...*
de cet attachement qu'il lui était ordinaire d'avoir
pour beaucoup de dames. » A ce moment, elle
commence de voir dans son cœur: « Dieu (dit-
elle avec une gravité à la Bossuet) est le maître
de nos états. Il nous y laisse autant que la vanité
de nos esprits le peut souffrir. S'il avait permis
que je pusse regarder le mien comme le plus
heureux que je pouvais choisir au monde, je me
devais trouver satisfaite de ma naissance, de mon
bien, etc., etc. Cependant, comme je l'ai dit,
sans en avoir la raison, je m'ennuyais des endroits
où je m'étais plu autrefois... » Ainsi, cela devait
être, elle commence par l'ennui :

Mon Dieu, vous m'avez fait puissante et solitaire !

« J'en affectionnais d'autres qui m'avaient été

indifférents... J'aimais la conversation de M. de
Lauzun sans qu'il me passât rien de fixe dans la
tête... » Comme tout est lent dans cette âme qui
a tant de peine à se dégourdir! « Après avoir
passé un très long temps en *ces agitations*, —
reprend-elle, — je voulus rentrer en moi-même et
demander ce qui me faisait du plaisir et ce qui
me faisait de la peine. Je connus qu'une autre
condition que celle que j'avais *éprouvée* jusque-là
faisait toute mon occupation ; que si je me ma-
riais, je serais plus heureuse ; que de faire la fortune de quelqu'un, de lui donner de grands éta-
blissements, il m'en saurait gré, il en serait touché,
il aurait de l'amitié pour moi et s'étudierait à
faire tout ce qui pourrait me plaire... » Et après
tout cet examen, au ton bossuétique, elle nomme
Lauzun, qu'elle appelle toujours M. de Lauzun, et
ce qui la détermine pour lui, c'est surtout « les
distinctions de sa conduite par rapport *à celle
des autres gens*, l'élévation d'âme qu'il avait au-
dessus des *autres hommes*, l'agrément de sa conversation et un *million de singularités* que je lui
connaissais... »

Toujours les singularités, l'originalité, l'extraordinaire, l'imprévu pour elle dans sa routine de
high life et de princesse ! Elle avait deviné le
Dandysme moderne, cette femme-là ! car évidemment il est ici...

IV

ATHILDE de la Môle (de *Rouge et Noir*) ne se rend pas mieux comp.e de ses sensations que Mademoiselle. Seulement, Mathilde combat, et Mademoiselle est trop princesse pour combattre son sentiment... Puisqu'elle l'éprouve, c'est bien ! L'ennui la prend quand elle ne *le trouve* point (Lauzun) *dans la chambre de la reine.* « Je voulais le voir chez la reine, ou *seul*, dans ma chambre, ou dans le Cours, soit par hasard, soit *autrement.* Je suis naturellement impatiente ; je ne pouvais souffrir personne. Le monde me mettait au désespoir... »

Dès ces forts symptômes, deux sentiments se produisent :

La résolution de déclarer son amour au roi, et son *inconsolabilité* de ce que Lauzun, par sa conduite respectueuse et soumise, n'avait pas l'air de s'apercevoir de « tout ce qu'elle pensait pour

lui. » Toujours princesse, d'ailleurs, au milieu de
ces *agitations*, elle se préoccupe des exemples à
trouver dans l'histoire de France des personnes
de moindre qualité que Lauzun qui avaient épousé
des filles et même des veuves de rois. Elle se
rappelle les amours de Corneille et, chose curieuse ! elle envoie chercher à Paris un *Corneille*,
parce qu'elle a vu dans ses *Comédies* (dit-elle) une
espèce de destinée semblable à la sienne. Les
œuvres de Corneille arrivées, elle apprend par
cœur les vers qu'elle ne se rappelait que vaguement, n'y regardant, ajouta-t-elle, que du
COTÉ DE DIEU ce que la plupart des hommes
y considèrent avec des sentiments profanes. Voici
ces vers, très dignes, du reste, de Corneille :

Quand les ordres du ciel nous ont faits l'un pour l'autre,
Lise, c'est un amour bientôt fait que le nôtre.
Sa main entre les cœurs par un secret pouvoir
Sème l'intelligence avant que de se voir !
Il prépare si bien l'amant et la maîtresse
Que leur âme au seul nom s'émeut et s'intéresse.
On s'estime, on se cherche, on s'aime en un moment,
Tout ce qu'on s'entredit persuade aisément,
Et sans s'inquiéter de mille peurs frivoles
La voix semble courir au devant des paroles !
La langue en peu de mots en explique beaucoup ;
Les yeux plus éloquents font tout voir tout d'un coup,
Et de quoi qu'à l'envi tous les deux nous instruisent,
Le cœur en entend plus que tous les deux n'en disent !

Après cet oracle du génie, elle n'hésite plus.
Elle est fixée, et elle porte son projet de mariage

jusque devant le Saint-Sacrement. Elle voit (un
2 mars) M. de Lauzun chéz la reine : « Il aurait dû
deviner, — dit-elle, — quand je passais devant lui,
ce que j'avais dans le cœur pour lui, à la gaieté
avec laquelle je lui parlais. » Mais comme Lauzun
n'a pas l'air du tout de comprendre de *dessous* le
respect dont il se couvre, elle invente de lui parler
d'un mariage avec le duc de Lorraine et de lui
en demander son avis...

Et c'est ici que la plus délicieuse comédie
commence : — c'est la comédie de l'amour. Elle
veut être comprise, et lui — qui comprend bien
— ne veut pas comprendre. Elle lui tend la glace
qu'elle fend, pour qu'il achève de la rompre.
Ce n'est plus qu'une faible et transparente surface, mais il ne la rompt pas... Il n'y pose
pas même le bout du doigt qui, en la touchant,
la romprait. Lauzun devient le plus gracieux,
le plus profond, le plus impatientant Tartufe
de respect qui fut jamais. La conduite de cet
homme est un chef-d'œuvre. On en peut tirer des
maximes générales et des axiomes pour se faire
aimer des princesses. Seulement, qui a maintenant
des princesses à séduire ? Il y a des femmes qui
ont le titre ; mais des âmes princesses, il n'y en
a plus.

Or, voici le premier axiome de l'adorable machiavélisme de Lauzun, car il est adorable de détails. Plus une femme fière, princesse d'âme comme
de naissance, devient diaphane et tendre, plus on

doit épaissir le respect et s'en envelopper impénétrablement.

Jamais Lauzun n'a manqué à cette loi, dans les tête-à-tête les plus enivrants pour un homme — vaniteux comme il l'était, — ambitieux, — amoureux (peut-être l'était-il... les libertins sont capables de tout, même d'aimer des filles de quarante-trois ans). D'ailleurs, il y a dans la vanité surexcitée une inflammation qui ressemble diablement à l'amour. Diablement est le mot.

Il faut lire, dans les *Mémoires* de la Grande Mademoiselle, ces roueries du respect et ces roueries de la tendresse, fière et impatientée. Cette princesse, qui se soucie bien de la plume qu'elle tient, écrit des choses charmantes comme n'en ont écrit que des écrivains de génie. C'est merveilleux de grâce voilée et de passion hypocritement montrée, — de cette passion *qui veut qu'on la voie*, mais qui ne veut pas se faire voir... Situation piquante! Elle lui demande des conseils. Il lui en donne, — cherche avec elle qui elle pourrait bien épouser, — ne trouve pas, — lu donne l'idée de se jeter dans la haute dévotion, — la dévotion du temps. Il est d'un sérieux magnifique, cet homme qui voit bien qu'on l'adore. « Ce n'est pas que je ne conçoive — lui dit-il — qu'il ne soit *ridicule* de passer toute sa vie sans avoir pris un parti, de quelque qualité qu'on soit. Lorsqu'on a quarante ans, on ne doit pas se laisser aller aux plaisirs qui conviennent aux filles depuis

quinze ans jusqu'à vingt-quatre. Ainsi je vous dois
dire ou qu'il faut vous faire religieuse ou vous
mettre dans la dévotion. » Il approuve pourtant
son dessein d'élever un homme jusqu'à elle, mais
fait mine de profondément ignorer sur qui les
yeux de cette femme, qui ne voit que lui, sont
fixés.

Cependant Madame meurt (la duchesse d'Orléans) pendant cet amour de Mademoiselle pour
Lauzun. Le roi parle de la remplacer par Mademoiselle. Mais l'ami du chevalier de Lorraine ne
peut convenir à cette âme superbement femme,
et le roi, qui sait le fond des choses, a honte de
son idée et finit par y renoncer. Seulement Lauzun, lui, feint de croire, avec l'intelligence d'un
diable qui connaît les femmes, que Mademoiselle
désire ce mariage, et il le lui conseille... C'est
alors que, n'y tenant plus, Mademoiselle fait
l'aveu de son amour à Lauzun lui-même...; mais
à travers quels embarras et quelles pudeurs ! Cette
fière fille a des enfances de cœur divines. Lui ne
se départ point de son système. Quand il est
parfaitement sûr qu'elle va tout lui dire, il ne veut
rien entendre. Il la supplie de garder sa confidence.

« Il me répondit — dit-elle — que *je le faisais
trembler. Si, par caprice, je n'approuve pas votre
goût, résolue et entêtée comme vous l'êtes, je
vois bien que vous n'oserez plus me voir. Je suis
trop intéressé à conserver l'honneur de vos bonnes

grâces pour écouter une confidence qui me mettrait au hasard de les perdre. Je n'en ferai rien, et je vous supplie de ne plus me parler de cette affaire... »

Mais il savait bien comment embraser le désir, cet incendiaire ! Moins il veut entendre et plus elle veut dire... Un jour, parlant de la même chose : « J'eus envie de souffler sur le miroir, — raconte-t-elle ; — cela épaissira la glace, j'écrirai le nom en grosses lettres afin que vous le lisiez bien. » Mais minuit sonne. C'est vendredi, un jour malheureux. « Ah ! — fit-elle, — je ne vous dirai plus rien. » Quelques jours après, elle cacha dans sa poche un papier sur lequel elle avait simplement écrit : « *C'est vous !* » Mais elle ne veut pas le donner un vendredi. « Donnez-le moi, — dit Lauzun, — je vous promets de ne l'ouvrir qu'après minuit. » Mais elle craint, elle hésite encore, quand le lendemain après dîner il vient chez la reine, et alors elle écrit cette page ravissante dont les détails sont pour moi d'un charme inexprimable :

« Lorsque la reine fut entrée dans son prie-Dieu, je me mis seule avec lui au coin de la cheminée, je sortis mon papier ; je le lui montrais et après je le remettais dans ma poche et d'autres fois dans mon manchon. Il me pressa extrêmement de le lui donner. Il me disait que le cœur lui battait ; qu'il croyait que c'était un pressentiment, que j'allais lui donner l'occasion de rendre un

mauvais service à quelqu'un, s'il désapprouvait
mon choix et mes intentions. Cette manière de
conversation dura bien une heure, mais nous nous
trouvâmes aussi embarrassés l'un que l'autre et je
lui dis : « Voilà le papier. Je vous le donnerai à
condition que vous me ferez réponse au bas de
mon écriture. Vous y trouverez assez de papier,
parce que mon billet est court, et vous me le
rendrez ce soir chez la reine où nous parlerons
ensemble. » Je n'eus pas achevé cela que la reine
sortit pour aller aux Récollets. Je la suivis. Je
priai Dieu de tout mon cœur pour lui demander
l'accomplissement de mes desseins. Mes distrac-
tions furent grandes. Après être sorties de l'église,
nous allâmes chez Monsieur le Dauphin. La reine
s'approcha du feu. Je vis entrer M. de Lauzun,
qui s'approcha de moi sans oser me parler ni
quasi me regarder. Son embarras augmenta le
mien. Je me jetai *à genoux pour mieux me chauffer.*
Il était tout près de moi. Je lui dis, *sans le regar-*
der : « Je suis toute transie de froid. » Il me
répondit : « Je suis encore troublé de ce que j'ai
vu ; mais je ne suis pas assez sot pour donner
dans votre panneau. J'ai bien connu que vous
vouliez vous divertir et vous défendre, par un
tour extraordinaire, de me dire le nom de ce
quelqu'un. Je n'aurai jamais de curiosité, lorsque
vous aurez la moindre répugnance à me faire
quelque aveu. » Je lui répondis : « Rien ne saurait être plus sûr que les deux mots que je vous

ai écrits, ni rien de plus résolu dans ma tête que l'exécution de cette affaire. » Il n'eut pas le temps de répliquer ou *ne se trouva pas la force de soutenir une plus longue conversation.* »

Encore une fois, de détails et d'accent, c'est incomparable.

V

E c'est ici que le profond séducteur devient admirable, sataniquement admirable de plus en plus. Cette foudre de bonheur qui l'écrase n'ébrèche pas l'écaille de tortue, en hypocrisie, dans laquelle il s'est renfermé. Il est athée à ce que lui dit cette noble Éprise, qui a non pas retrouvé, — car elle ne les a jamais eues, — mais *trouvé*, dans un sentiment vrai, les grâces timides d'une jeune fille de dix-huit ans ! Le *c'est vous !* et tout ce qu'elle ajoute à ce terrible et délicieux *c'est vous !* ne fausse pas une minute le masque d'incrédulité de Lauzun. Il lui dit « qu'elle se « moque de lui », et elle répond avec bien plus de raison que c'est, au contraire, « lui qui se moque « d'elle ». Les rôles sont intervertis. D'ordinaire, c'est l'homme qui persuade, et la femme qu'il veut persuader. La princesse ici est l'homme ; le cadet de famille la femme... et quelle femme !

16

Célimène et Tartuffe combinés ! Plus elle lui
verse sur la tête l'éclat de son amour quasi royal,
plus il se fait humble, plus il se rapetisse. Il
semble dire à cette femme qui descend pour lui :
« Descendez, descendez encore ! » Absolument,
l'heureux scélérat ! le contraire et la justification
de sa devise : « *Je vais le plus haut qu'on puisse
monter !* »

Les faits de cette romanesque comédie —
roman pour l'une, comédie pour l'autre, — sont
aussi jolis que la comédie elle-même. Tout y est.
Dans cette cour presque espagnole d'étiquette,
elle ose s'appuyer sur lui, quand elle se lève. Il
prend ce temps-là pour lui remettre son papier,
qu'elle cache, comme une petite fille, dans son
manchon, cette héroïne du faubourg Saint-
Antoine, qui avait fait tirer le canon contre
Louis XIV ! Il s'obstine toujours à ne pas croire,
lui, mais un éclair a traversé le masque et elle le
voit bien. « Il sera — dit il — toujours soumis à ses
« volontés. » Ce n'est pas *non*, cela ! mais *cela* dit,
— ce qu'il était impossible de ne pas dire, — le
voilà qui s'abîme dans des respects à la rendre
folle d'impatience. Enfin, il lâche le grand . mot,
— le mot *humiliant* : « Serait-il possible que
« vous voulussiez épouser un DOMESTIQUE de votre
« cousin germain ?... » C'est ainsi qu'il parlait de
sa charge de capitaine des Gardes du corps.

Mais, comme il l'avait calculé, tout ce qu'il
opposait de barrières à Mademoiselle la faisait

sauter par-dessus. Elle demanda donc hardiment
au roi la permission d'épouser M. de Lauzun.
Chose qui stupéfie ! le roi ne s'y opposa pas. Il
dit à Mademoiselle de bien réfléchir, de ne pas
agir à la légère, etc. Mademoiselle souffre des
temporisations qu'elle entrevoit au fond de cette
réponse du roi, et Lauzun défend le roi contre
elle ! Il trouve que le roi a raison de lui dire de
penser à une affaire qui ne lui *convient* pas, etc.,
etc. Le roi ne dit rien à Lauzun, il est gracieux
pour lui et pour elle. Cela fait espérer Mademoiselle, quand un soir, chez la reine, Lauzun lui
dit brusquement : « Il ne faut plus remettre à
« parler au roi. Vous lui direz, si vous m'en croyez :
« Sire, les *plus courtes* folies sont les meilleures. Je
« viens remercier Votre Majesté des réflexions
« qu'elle m'a fait faire. Je *ne pense plus* à ce que
« je lui ai demandé. » Mais Mademoiselle, outrée,
exaspérée, parle au roi, mais dans un autre sens,
et avec quel tact, quel goût et quelle résolution !
(Voy. le VIe volume, page 24.) Le roi ne lui dit
qu'une chose : « Je ne m'oppose ni à votre
« volonté ni à la fortune de M. de Lauzun, mais
« n'agissez qu'après réflexion. » C'était consentir.
Toute la cour apprend cette chose renversante :
le mariage de Mademoiselle ! Lauzun a la tenue
modeste, presque rougissante, d'un homme épousé
comme une jeune fille. « J'ai besoin de toute ma
« raison — dit-il — pour m'empêcher de perdre la
« tête. » Quand, le contrat de mariage dressé, tout

prêt pour la cérémonie, Lauzun, toujours le Lauzun d'une logique d'humilité insupportable, dit
encore à Mademoiselle : « S'il vous *prend le*
« *moindre dégoût* lorsque vous serez *devant le prêtre,*
« je vous prie de tout mon cœur de tout rompre ; »
et Mademoiselle répondant : « *Vous ne m'aimez*
« *point !* » — « C'est ce que je ne dirai—fait-il—que
« quand je serai sorti de l'église. J'aimerais mieux
« être mort que de vous avoir fait connaître avant
« ce temps ce que j'ai dans le cœur pour vous... »
voilà qu'une immense et subite tristesse tombe
sur le cœur, sur le grand cœur de cette fille heureuse. Elle se met à pleurer, *sans savoir pourquoi,*
dit-elle, et, le lendemain, le mariage est rompu
par le roi !

E n'ai à m'occuper ici que de la façon supérieure dont Lauzun a mené sa séduction de Mademoiselle. Il a exécuté la chose comme le plus grand artiste en séduction qu'on ait jamais vu. J'ai cherché vainement dans sa conduite une faute, un oubli, une distraction. Il ne fallut rien moins que la volonté de Louis XIV pour renverser ce chef-d'œuvre de Lauzun, et encore Louis XIV qui ne fut plus Louis XIV dans cette affaire, car ce roi, qui passait pour être le plus honnête homme de son royaume *, s'y conduisit ou avec la plus grande faiblesse ou avec la plus grande duplicité. Entouré, travaillé, tiraillé par la coterie de Monsieur, la belle-mère de Mademoiselle, et sa sœur, qui avait épousé un Guise, céda-t-il misérablement après avoir donné son consen-

---

* Des réputations ! on ne sait pas pourquoi ! (Gresset, *Le Méchant.*)

tement à Mademoiselle? ce qui serait un manque
de parole ; ou l'a-t-il trompée? ce qui serait un
mensonge, et tout à la fois une cruauté. Dans les
deux cas, Louis XIV est petit et presque mal-
honnête. La seule raison qu'il donna à Mademoiselle, désespérée, et qui fut très éloquente et très
pathétique à *ses pieds*, ce fut la *soi-disante* opinion des cours de l'Europe. Raison lâche, que
Mademoiselle traita vaillamment de *honteuse*...
Il fut inflexible à ses larmes, mais il *pleura*, en la
refusant. Quand les tigres nous dévorent, ils ne
pleurent pas, et quand les crocodiles versent des
armes, c'est pour nous attirer. Ces larmes de
Louis XIV flétrissent sa grande physionomie con-
nue, et elles restent incompréhensibles, si elles ne
sont pas déshonorantes...

Le désespoir de Mademoiselle fut tragique.
Lauzun pleura pour la désespérer davantage. Il y
avait sans doute aussi de la vérité dans ses pleurs.
Comment n'aurait-il pas pleuré ? Boabdil pleura
sur sa ville. Le roi, toujours odieux, vint chez
Mademoiselle, voulut la consoler, l'embrassa, lui
tint longtemps la joue contre la sienne, et Mademoiselle eut la hardiesse de lui dire : « Vous
« faites comme les singes, qui étouffent leurs enfants
« dans leurs caresses. » Mot qui valait presque, en
audace, son fameux coup de canon !

Mademoiselle prit le parti, dans son angoisse,
de ne plus paraître à la cour. Eh bien, ce fut
Lauzun qui l'y repoussa et qui lui dit que c'était

mal de se tenir si longtemps éloignée du roi !
Quand elle rencontrait Lauzun, elle *pleurait* et
CRIAIT, n'importe où elle fût. L'homme d'acier
qui se servait de son acier pour déchirer davantage ce cœur de princesse, dans l'intérêt de la
passion qu'il lui inspirait, alla jusqu'à lui dire :
« Si vous continuez ainsi, je ne me *trouverai*
« *jamais où vous serez*. Je resterai dans ma cham-
« bre... » Et elle n'osait plus, dit-elle, pleurer
devant lui !

Après la rupture du mariage, le roi donna un
gouvernement à Lauzun, ce qui fit dire à Mademoiselle : « Je ne serai jamais contente de ce que
« le roi fait que lorsqu'il m'aura donnée à vous.
« Jusque-là, je me trouverai insensible à toutes *vos*
« *élévations.* » Son mariage rompu, Lauzun affecta
de négliger sa toilette *, ce qui *ajouta au chagrin* de Mademoiselle, mais il *exigea* qu'elle

---

* Je crois qu'il l'arrangea plutôt... Elle dut être
hypocrite comme toute sa conduite. Il n'était pas
homme à se fourrer de la cendre sur la tête comme
un Juif dans l'affliction. S'il s'en mit, ce fut bien
légèrement. Seulement *l'œil de poudre* d'un chagrin
qui n'enlaidit pas et qui intéresse. Lauzun était trop
Dandy de nature pour oublier l'effet extérieur. Les
Dandys s'en préoccupent toujours. Rappelez-vous,
dans Stendhal (*le Rouge et le Noir*), le Dandy russe
prescrivant à Julien Sorel la mélancolique cravate
noire, toutes les fois qu'il remet à la femme de
chambre de la personne qu'il aime les fameuses lettres
auxquelles elle ne répond pas...

soignât la *sienne,* malgré l'affliction dont elle mai-
grissait. Elle l'aimait avec l'idolâtrie physique
sans laquelle il n'y a pas d'amour. (Voir l'histoire charmante du ruban rose à la cravate de
Lauzun, à la revue de Flandre, VIe volume des
Mémoires.) Même après la rupture, la malheureuse ne fut jamais au bout des cruautés inouïes
avec lesquelles Lauzun s'attachait, comme avec
des clous, ce cœur envoûté par lui. Un jour, le
bruit courut qu'elle allait épouser le duc d'York.
Il alla chez elle et lui dit : « Si vous voulez
« épouser le duc d'York, je demanderai au roi de
« m'envoyer en Angleterre négocier le mariage. »
Elle lui répondit sublimement : « Rien qu'à
« vous ! » Il se jeta à ses pieds du coup de ce
mot et y demeura sans rien dire. « Je fus tentée de
« le relever, — dit-elle, — mais je surmontai cette
« envie... et il se releva seul et s'en alla. » Il partit
pour les Flandres, affectant d'oublier de dire
adieu à cette femme dont il emportait la vie. Elle
le lui reprocha, « mais, — dit-elle, — je voulais
« me fâcher contre lui, je le voyais et je n'en avais
« pas la force ! » Réellement, elle était envoûtée :
« J'étais quelquefois—reprend-elle—en disposition
« de le gronder et de me plaindre, mais il m'en
« ôtait l'envie par *des manières que je ne saurais
« dépeindre,* tant il les a singulières ! » Toujours la
singularité ! toujours le Dandysme !

VII

E le répète, je n'ai eu à m'occuper aujourd'hui que de cette séduction de Lauzun, qui est une chose à part dans l'histoire des séductions humaines. Je n'ai donc point à parler de son arrestation et de sa mise à Pignerol... Mademoiselle resta séduite jusqu'à son dernier jour. Le mépris même que plus tard elle eut pour Lauzun ne put rien contre son ascendant. Il sortit de Pignerol. Il alla à Bourbon, puis à Amboise, puis enfin revint à la cour. Il revint sans masque. Il n'espérait plus le mariage et la séduction était accomplie. Il se montra tel qu'il était, joueur, libertin, hypocrite de dévotion, cupide, sans fierté et sans reconnaissance pour Mademoiselle, à l'instant où il la trompait et s'encolérait contre elle. Tout cela est hideux. Mais quelle puissance ! Mademoiselle voit tout, sait tout, « mais j'en avais

17

« trop fait — dit-elle — pour ne pas achever ce que
« j'avais commencé ».

C'est la fatalité de l'orgueil dans l'amour.

Elle l'acheva. Louis XIV permit à la fin le
mariage *secret*, mais à quel prix ! Au prix de la
moitié des biens de Mademoiselle, cédée à l'un de
ses bâtards. Hélas ! il continuait, dans cette
histoire de Mademoiselle et de Lauzun, de n'être
plus le Louis XIV de l'opinion. Les *Mémoires* ne
vont pas jusque-là. Ils s'interrompent brusquement,
comme de honte ! Mais le lecteur entend déjà dans
le lointain le mot qui traversera les siècles : « Hen-
« riette de Bourbon, ôte-moi mes bottes ! » dit à
la cousine germaine du plus fier roi qui ait jamais
existé.

Avouez que cette histoire, qui n'est qu'un
épisode de l'histoire d'un Dandy anticipé, est aussi
passionnante que les romans les plus inventés de
ce temps ! et qu'elle a plus d'intérêt que l'analyse d'aucun d'eux.

FIN D'UN DANDY D'AVANT LES DANDYS

Memoranda

*« On vit des siècles,
une fois réunis. »*

LORD BYRON

PRÉFACE

Les deux cahiers de notes intimes auxquels M. Bar-
bey d'Aurevilly a donné le titre de Memoranda, *et*
que le lecteur trouvera réunis dans cette édition, se
rapportent à l'époque de sa vie d'écrivain qui fut le
plus féconde en œuvres. N'est-ce pas aux environs
de ces années-là que la Vieille Maîtresse *successive-*
ment et L'Ensorcelée *et les* Ricochets de Conver-
sation, — devenus dans Les Diaboliques *et après*
coup le Dessous de cartes *d'une partie de whist,*
— furent publiés, — romans extraordinaires, mais
dont la vive originalité éclate aujourd'hui seulement
à tous les yeux? Alors aussi se multipliaient d'in-
nombrables articles de critique. M. d'Aurevilly don-

naît chaque semaine au journal Le Pays une étude
littéraire sur un des livres parus de la veille. Ces
études ont été réunies en plusieurs volumes — et les
séries s'en continuent — sous la désignation : Les
Œuvres et les Hommes. Deux éclaircies dans cette
atmosphère chargée d'œuvres, — quelques journées
d'absence, passées les unes dans une ville de Normandie jadis habitée par l'auteur, les autres dans
un port voisin de l'Espagne, voilà toute la matière
des deux cahiers de notes que l'écrivain a griffon-
nées entre deux pages de ses romans ou deux para-
graphes de ses articles. Mais dans ces notes il apparaît tout entier, comme Byron et Stendhal dans les
leurs, avec sa puissance extraordinaire d'expression,
avec sa belle faculté de voir intense là où d'autres.
verraient médiocre et de donner de l'esprit même
aux plus menus détails de la vie. — Et quel esprit !...
Depuis Rivarol et le prince de Ligne personne n'a
causé comme M. d'Aurevilly ; car il n'a pas seulement le mot, comme tant d'autres, il a le style
dans le mot, et la métaphore, et la poésie. Mais
c'est que toutes les facultés de ce rare talent se font
équilibre et se tiennent d'une étroite manière ; et,
même à l'occasion de ces feuilles légères des Memoranda , c'est ce talent tout entier qu'il convient d'évoquer.

M. d'Aurevilly ferme ses lettres d'un cachet sur

lequel il a fait graver une devise, à la fois résignée
et superbe, fière et vaincue: Too late! Trop tard!
Il prétend, lui, le courageux écrivain et qui n'a
guère fait d'aveux plaintifs devant les autres, que
ces deux mots contiennent l'histoire secrète de sa vie,
et que tout lui est arrivé trop tard de ce qui, venu
plus tôt, lui aurait comblé le cœur, — si le cœur
peut être comblé? Trop tard! Cette devise est-elle
vraie des événements de cette vie? Il est malaisé
d'en juger; car M. d'Aurevilly, au rebours de la
plupart de ses contemporains et des plus illustres,
n'a pas dévoilé dans des « Mémoires » ou des
« Confidences » le roman de ses bonheurs ou de
ses mélancolies, et un mystère demeure sur toute sa
jeunesse, — sur la période surtout de cette jeunesse
dont il ne reste aucune trace littéraire. Mais ce qui
domine les faits matériels de notre vie, ce qui les
crée même, en un certain sens, — car de ces faits
rien n'existe pour nous que leur retentissement dans
notre âme, — c'est notre personne; et la devise du
cachet de M. d'Aurevilly apparaît comme évidemment exacte pour qui connaît la personne qu'il est
aujourd'hui, qu'il a dû être à vingt ans. Il offre un
rare exemple, et d'un intérêt singulier pour le psy-
chologue, de facultés qui n'ont rencontré ni leur milieu ni leur époque. Il a eu, dès son adolescence où il
vit Brummell, et il a conservé dans son âge mûr où il

connut d Orsay, le goût passionné de l'aristocratie.
Le dandysme, dont il a donné une si piquante théorie
et si juste d'analyse, ne fut pas chez lui affaire
d'attitude. Il en aima la rareté, le quant à soi,
l'impertinente solitude, — car, être rare, se réserver,
ne pas se mêler à la foule, c'est de la quintessence
d'aristocratie. Le malheur est que, de toutes les fa-
çons de sentir, l'aristocratique est celle qui suppose
le plus de conditions extérieures, et ces conditions
ont manqué à l'auteur du Brummell. Il n'a pas eu
cette arme de l'argent, laquelle a du moins ce mérite de servir de bâton de longueur contre les pro-
miscuités cruelles. Il lui a fallu subir, avec une nature affamée de distinction, toutes les vilenies du
métier : l'âpreté des médiocres concurrences qui dé-
goûte même du triomphe, l'exécution des besognes
à jour fixe qui fait regretter même le talent qui
vous en rend capable, et — pour combler la mesure — ce métier, ces concurrences et ces besognes, en pleine société démocratique. Mais cet
amour de la haute vie et des élégances ambiantes
n'est-il pas commun à tous les poètes ? Est-ce autre
chose que le désir d'imprégner d'âme les vulgarités
nécessaires, et ne s'en guérit-on pas, comme de
toutes les nostalgies de l'ordre physique, par le sentiment que la matière n'est pas capable de suffire
aux exigences de l'esprit, si bien que réaliser cer-

tain de ses rêves serait les diminuer ? Un trait plus
particulier de M. d'Aurevilly et qui lui assigne une
place spéciale parmi les hommes de lettres de ce
temps, c'est qu'il était né, c'est qu'il est resté fanatique
de l'action. Le caractère de ses personnages préfé-
rés dans l'histoire, comme le caractère de ses héros
inventés dans le roman, atteste ce fanatisme que
son aspect volontiers martial ne dément point. Il a
vécu cependant sédentaire, assez analogue par l'antagonisme de ses désirs et de ses habitudes à ces
héritiers de familles ruinées que Walter Scott évoque au coin du foyer désert, sous le portrait d'un
roi chassé et qui ne régnera plus, à l'ombre d'un
blason qui va s'effaçant, et que nulle piété ne répa-
rera. Était-ce par l'intuition d'une analogie pareille
que Théophile Silvestre appelait M. d'Aurevilly de
ce nom de laird si étroitement uni pour l'imagination au souvenir de l'héritier des Ravenswood ?
« Allons chez le laird, » disait-il à leur ami commun Léon Gambetta, tout jeune alors et qui aimait
à disputer avec l'extraordinaire causeur. Pourtant ils
n'avaient guère d'idées du même ordre, lui, l'orateur méridional, lancé si hardiment en plein courant
du monde moderne, et l'autre, l'écrivain solitaire,
d'une si invincible énergie de protestation contre ce
monde ! C'est que M. d'Aurevilly a encore exagéré
par ses convictions acquises, — cette seconde na-

*ture qui parfois contredit la première, parfois en
accroît l'originalité native en la doublant de réflexion, — le divorce qui le séparait de son époque.
Il est devenu catholique, et du catholicisme le plus
hautement proclamé, jusqu'à écrire l'apologie des
procédés inquisitoriaux, à l'heure précise où la
science contemporaine paraît se résoudre dans le po-
sitivisme le plus hostile à la tradition catholique.
Absolutiste et nourri de la moelle de la doctrine de
Joseph de Maistre, il a vu les monarchies s'écrouler, les théories issues de la révolution foisonner
et grandir, la France multiplier les essais de gouvernement parlementaire. Idéaliste dans son art
comme il l'a été dans sa vie, admirateur de Byron
et de Lamartine, il assiste aujourd'hui à l'avène-
ment de la littérature documentaire. Rarement anti-
thèse plus étrangement et plus complaisamment
prolongée n'a isolé davantage un homme dans les
partis pris de son orgueil et de sa chimère. Faut-il
voir dans cet isolement l'inévitable effet de causes
lointaines et faire intervenir ce mot si commode et
qui rend compte de tant de mystères : l'Atavisme ?
Faut-il attribuer à une destinée d'exception le développement dans un sens inattendu de facultés déjà
par elles-mêmes exceptionnelles ? De longues années
de jeunesse passées en province à tuer l'ennui à force
de songes ; d'autres, plus douloureuses, passées à*

Paris aux aguets d'une occasion d'employer tout
son mérite, qui n'est pas venue; les injustices de la
critique et les misères de la publicité, rendues plus
dures par la hauteur d'âme, — voilà de quoi expliquer beaucoup de froissements, par suite beaucoup
de résolutions de farouche indépendance. Quoi qu'il
en soit des causes dont ces habitudes ont été l'effet
visible, il est certain que, pareil à ce lord Byron
qu'il aime tant, M. d'Aurevilly aura vécu dans notre
dix-neuvième siècle à l'état de révolte permanente et
de protestation continue. Seulement Byron retran-
chait ses dégoûts derrière sa pairie et ses quatre
mille livres de revenu, et M. d'Aurevilly a dû con-
quérir son indépendance avec sa plume et son encrier.
Il n'a pourtant pas accordé une concession de plus
à la société que le châtelain de Newstead Abbey !
C'est une destinée moins romanesque peut-être,
mais, pour qui comprend tout le sens du mot, aussi
poétique, sinon davantage.

   C'est le caractère étrange de cette destinée qu'il
faut apercevoir pour juger l'œuvre écrite de M. d'Aurevilly du point de vue exact, et pour en pénétrer la
secrète logique. Il y a une question à se poser devant toute existence consacrée aux lettres. Quelle
sorte de volupté l'écrivain leur a-t-il demandée, à
ces lettres complaisantes? Car elles se prêtent à
toutes les fantaisies, et pourvu qu'on les aime de

tout son cœur, elles consentent qu'on les aime de
bien des amours divers. Beaucoup d'auteurs exigent
d'elles une gloire immédiate. Ils veulent exprimer
leur époque et devenir, comme Latouche le disait
finement de Madame Sand, « un écho qui double la
« voix de la foule. » C'est une conception qui convient à des âmes communicatives, faciles et chau-
des, et il y a des règles d'esthétique qui lui correspondent. S'il veut réaliser cette ambition d'être
l'orateur et le héraut acclamé de son temps, l'écrivain doit avoir un style de transparence et de bonne
humeur. Une certaine largeur d'humanité, l'accep-
tation des formes à la mode, même des préjugés
reçus sont aussi nécessaires. Cet écrivain-là comprend et pratique avec naïveté la formule ironique
du moraliste : « C'est une grande folie que d'être
« sage tout seul. » On peut, quoiqu'il en semble aux
apôtres de l'art dédaigneux, penser ainsi et composer
des chefs-d'œuvre. La preuve en est dans Molière et
dans George Sand elle-même. Il est une autre race
d'hommes de lettres dont Flaubert fut, de nos jours,
le type achevé, qui reporte sur les initiés seuls le
culte pieux que les premiers accordent à la foule.
Ceux-ci sont des hommes d'étude et de raffinement. Ils s'emprisonnent dans l'ombre d'une école.
Ils évitent la brutale lumière et ne travaillent qu'avec
la sensation des yeux aigus des juges fixés sur eux.

Quels juges? Leurs confrères vraiment avertis des plus délicats secrets de la composition, les connaisseurs scrupuleux qui sont capables d'apprécier la valeur d'une syllabe mise à sa place et les insuffisances d'une métaphore manquée. Cette préoccupation, qualifiée de byzantine par les malveillants, aboutit volontiers à une littérature hiératique et sibylline, dans laquelle la science accomplie des procédés techniques s'accompagne d'un mépris transcendantal pour la simple émotion et l'éloquence spontanée du cœur. Toutes les épigrammes dirigées contre ce byzantinisme n'empêcheront pas La Tentation de Saint Antoine d'être un livre supérieur. — Il est enfin un troisième groupe d'artistes pour lesquels écrire est une façon de vivre, et rien de plus. Ceux-là n'ont d'autre but que d'aviver avec leurs propres phrases la plaie intérieure de leur sensibilité. La réalité leur est douloureuse. Elle les opprime, elle les blesse. Leur âme ne rencontre pas dans le cercle de circonstances où cette réalité l'emprisonne de quoi satisfaire son appétit d'émotions grandioses et intenses. Ils demandent aux mots et à la sorcellerie de l'art ce que les Orientaux obtiennent par le haschisch, ce que l'Anglais de Quincey se procurait en appuyant sur ses lèvres sa fiole noire de laudanum, un autre songe des jours et une nouvelle destinée. C'est leur vengeance à la fois et leur affran-

chissement que la littérature : leur vengeance, car
ils attestent ainsi que le sort fut injuste pour eux
et qu'ils ont été, comme dit magnifiquement un ancien, « humiliés par la vie...; » — leur affran-
chissement, car ils conquièrent ainsi une excitation
qui efface en la dépassant l'empreinte de la haïs-
sable réalité. A ce groupe d'écrivains par désir passionné d'être ailleurs appartenait ce même Byron,
qu'il faut nommer sans cesse lorsqu'on parle de
M. d'Aurevilly, — lequel composa La Fiancée d'Abydos en quelques nuits, afin de chasser des fantômes
qui sont toujours revenus. A ce même groupe, ce
furieux duc de Saint-Simon, qui, rentré de la cour
et le fiel crevé, couvrait de sa large écriture les énor-
mes feuilles de papier de ses Mémoires, pour devenir, de par la magie de sa propre prose et pendant
ces heures de travail, l'homme d'État qu'il ne pouvait être qu'alors... Il jugeait ministres et ambas-
sadeurs. Il disait les causes profondes de l'avilisse-
ment public. Il prévoyait les inévitables catastrophes.
Il découvrait la gangrène des infamies, et démail-
lotait de leurs langes blasonnés les âmes pourries
des courtisans et des princes. Puis, cette plume répa-
ratrice une fois posée, cet encrier vengeur une fois
fermé, il fallait reprendre le collier de médiocrité,
subir la superbe de Louis XIV, l'insolence des bâtards, la lâcheté du régent, l'infamie de Dubois, et

*faire politesse à la honte, quoi qu'on en eût. Au
même groupe appartient M. d'Aurevilly. Comme à
Byron, comme à Saint-Simon, la littérature lui a
été la fée libératrice et qui console de tout. Les
contradictions dont il a souffert se sont résolues, les
avortements de son destin se sont réparés, les crève-
cœur de ses désespoirs se sont soulagés lorsqu'il a
écrit. Ce beau vers de son mince recueil de poésie,*

L'Esprit, l'aigle vengeur qui plane sur la vie,

*pourrait servir d'épigraphe à ses moindres volumes
comme à ses plus importants, comme à ses lettres familières, comme aux* Memoranda *qui suivent
cette rapide préface. — Qu'importe que le lecteur s'é-
pouvante de ces orgies d'images, de ces violences
d'invention, de ces audaces de style, puisqu'il a du
moins atteint son but, puisqu'il a été Lui-Même,
avec la pleine expansion de tout l'intime de sa personne, durant les trop courtes heures qu'il a dé-
pensées à écrire ces pages?*

*C'est à cause de cela qu'il n'y a rien de moins
factice que de tels livres, bien que la rêverie en soit
très intense, la rhétorique très violente, et l'impression si souvent étrange. Quand cet homme vous raconte le détail des excessives passions de Ryno de
Marigny* (Une Vieille Maîtresse), *ou qu'il évoque de-*

vant vos yeux la face cicatrisée du gigantesque
abbé de la Croix-Jugan (L'Ensorcelée), croyez qu'il
ne se propose pas de vous étonner par l'inattendu
de sa fantaisie. Vous êtes parfaitement absent de
sa pensée, vous, le lecteur futur du roman, à l'heure
de nuit où, fenêtres closes, bougies allumées, cet
alchimiste élabore son grand œuvre à lui, qui vous
intéressera ou non, — peu lui soucie. Vraisembla-
blement, il a débattu quelque affaire dans la journée, où sa noblesse native s'est irritée ; il a lu des
articles qui l'ont excédé, entendu des paroles qui
l'ont écœuré, aperçu des visages qui l'ont dégoûté,
deviné des sentiments qui l'ont indigné. Ces basses
misères de la quotidienne expérience s'évanouissent,
et, le Sésame, ouvre-toi ! de l'imagination à peine
prononcé, voici que la caverne magique dévoile ses
enchantements. Le romancier voit Marigny, il voit
Vellini la Malagaise, il voit Jéhoël de la Croix-
Jugan. Est-il encore un univers de sensations vulgaires et de médiocres destinées ? Il n'en sait plus
rien, absorbé qu'il est dans ses personnages. Oui,
ses personnages, au sens littéral du terme ; car il les
a projetés hors de son cerveau, — comme le Jupi-
ter de la Fable la guerrière Minerve, — engendrés
et nourris de la plus pure substance de son être. Il a
imaginé, comme les croyants prient, comme les
amants se plaignent, par un impérieux besoin de

sfogarsi, *pour employer une tournure italienne,*
chère à Beyle. Pareillement, si chaque phrase de
ces tragiques récits est chargée jusqu'à la gueule,
comme un tromblon de giaour, avec tous les mots
énergiques du dictionnaire; si l'expression est ici
portée à son extrême degré de vigueur, ne croyez
pas que ce soit là un artifice d'industrieux ouvrier
de prose. L'auteur n'a point fait besogne de rhéto-
rique. Cette furie du langage est, à sa manière,
une furie d'action. Pour cet écrivain comme pour
tous ceux qui ont un style, les mots existent d'une
existence de créatures. Ils vivent, ils palpitent, ils
sont nobles, ils sont roturiers. Il en est de sublimes,
il en est d'infâmes. Ils ont une physionomie, une
physiologie et une psychologie. Dans le raccourci de
leurs syllabes que ne tient-il pas d'humanité ! En un
certain sens, écrire est une incarnation, et l'esprit
d'un grand prosateur habite ses phrases, comme le
Dieu de Spinoza habite le monde, à la fois présent
dans tout l'ensemble et présent dans chaque parcelle.
Quoi d'étonnant si le romancier d'Une Vieille Maî-
tresse et des Diaboliques s'est fait une prose à la
fois violente et parée, aristocratique et militaire,
comme il aurait souhaité que fût sa propre vie?
Que dis-je? Il ne s'est pas fait cette prose, il a
seulement noté la parole intérieure qu'il se prononce
à lui-même dans la solitude de sa chambre de travail,

19

et la parole improvisée qu'il jette au hasard des
confidences de conversation. J'ai bien souvent remarqué, au cours de mes entretiens avec lui, — un
des plus vifs plaisirs d'intelligence que j'aie goûtés,
— cette surprenante identité de sa phrase écrite et
de sa phrase causée. Il me contait des anecdotes de
Valognes ou de Paris avec cette même puissance
d'évocation verbale et la même surcharge de couleurs qui s'observe dans ses romans. Il s'en allait
tout entier dans ses mots. Ils devenaient lui, et lui
devenait eux. Je comprenais plus clairement alors
ce que la littérature a été pour cet homme dépaysé
et quel alibi sa mélancolie a demandé à son imagination. De là dérive, entre autres conséquences,
cette force de dédain de l'opinion qui lui a permis
de ne jamais abdiquer devant le goût du public. Il
admire beaucoup ce titre d'un poème de Lamartine :
Le Génie dans l'obscurité. Cette admiration est de
bonne foi, et je ne serais pas étonné qu'aimant les
lettres de l'amour que j'ai dit, non seulement les
insouciances de la renommée à son endroit l'aient
trouvé indifférent, mais encore qu'il s'en soit presque
réjoui aux heures d'entière sincérité.

Donc sa littérature a été pour M. d'Aurevilly un
songe réparateur. Mais, en dépit d'un proverbe
fameux, tous les songes ne sont pas des mensonges,
et quand le songeur est un moraliste et un psycho-

logue, il n'est pas bien malaisé de déterminer dans
l'arrière-fond de sa rêverie les éléments d'expérience qu'il a combinés, exagérés parfois, parfois
déformés, et qui demeurent pourtant invinciblement
solides et réels, — comme la matière brute sur laquelle travaille un sculpteur. Il y a dans une lettre
de Stendhal à Balzac une phrase significative et qui
marque bien quel procédé de métamorphose emploient
à l'égard de leurs observations ces alchimistes de
l'âme humaine qui sont les grands romanciers :
« Je prends, dit l'auteur de Rouge et Noir, un
personnage de moi bien connu, je lui laisse les habitudes qu'il a contractées dans l'art d'aller tous
les matins à la chasse du bonheur, ensuite je lui
donne plus d'esprit. » Le plus d'esprit devient pour
un d'Aurevilly un plus de passion, mais le procédé
reste sensiblement analogue. Il est d'ailleurs aisé,
pour qui connaît un peu les circonstances de la jeunesse de M. d'Aurevilly, de faire un départ des
sources diverses qui ont nourri de réalité son imagination. Il a vécu tout enfant, et même adoles-
cent, dans la vieille ville de Valognes, et il a connu
les survivants des terribles guerres de la chouannerie du Cotentin. Il a entendu ces hommes raconter
les actions qu'ils avaient faites, de ces mêmes mains
qu'ils chauffaient maintenant au feu des veillées
d'hiver. De cette impression première, demeurée

ineffaçable sur son souvenir, M. d'Aurevilly a tiré
L'Ensorcelée *et* Le Chevalier Des Touches. *Il a vu,*
à cette même époque, les jeunes nobles de sa pro-
vince et les anciens soldats de l'Empire tuer les loi-
sirs forcés de leur stagnante existence par toutes
sortes d'excès de jeu, d'amour dangereux et de con-
versation. Il s'est souvenu de ces nobles et de ces
soldats lorsqu'il a écrit Le Bonheur dans le crime,
Le Dîner d'athées *et* Le Dessous de cartes d'une
partie de whist. *Puis il est venu à Paris, et les*
observations de sa vie mondaine ont abouti à L'Amour
impossible, *à* La Bague d'Annibal, *à la* Vieille
Maîtresse, *au* Plus bel amour de don Juan, *comme*
les heures de mysticisme qu'il a traversées sous une
influence de femme se sont résumées dans Le Prêtre
marié. *Je citais tout à l'heure le nom de Quincey,*
le mangeur d'opium. Ce singulier analyste de son
propre vice, et si perspicace, avait reconnu que ses
visions les plus effrayantes et les plus ravissantes,
les plus démesurées et les plus surhumaines, déri-
vaient toutes de sensations environnantes, que
l'ivresse transformait en les amplifiant et les inter-
prétant d'une manière grandiose. — Vérité acquise
aujourd'hui à la science des poisons de l'intelligence.
La littérature a son ivresse aussi, qui ne fait qu'inter-
préter et amplifier les sensations que l'écrivain a su-
bies. Mais cette transformation-là s'appelle le talent.

Ce qui fait l'intérêt psychologique de ces Memoranda, c'est précisément qu'on assiste à ce travail
de métamorphose. On y peut saisir à plein comment chez M. d'Aurevilly les impressions s'écrivent.
Ce livre, qui n'est pas un livre, me séduit par ce
charme d'une nuance si fine. Il laisse voir la minute où l'homme va devenir l'auteur, où la réalité
se change en poésie, où l'observation se double de
rêve. Et le rêve est si naturel à M. d'Aurevilly que
le moindre événement l'y conduit par une invincible
pente. Une enfant s'endort à son côté dans une
diligence, et la Leïla de Byron lui apparaît (p. 159).
Il regarde le vent frapper des arbres : « Il sabrait
« les ormes comme avec un bancal et leur hachait
« leur beau visage de verdure nuancée », dit-il
(p. 185). Et ailleurs, sur la pluie : « Ne sommes-nous
« pas en Normandie, la belle Pluvieuse, qui a de
« belles larmes froides sur de belles joues fraîches ?
« J'ai vu des femmes pleurer ainsi » (p. 163). A
chaque page c'est ainsi un au delà entrevu derrière
la vibration présente des nerfs et du cœur. C'est
que M. d'Aurevilly est, au plus beau et au plus
exact sens de ce mot, un poète, — un créateur.
Même sa poésie est aussi voisine de celle des Anglais
que sa Normandie est voisine de l'Angleterre. L'an
dernier, comme j'allais en ligne directe de Caen à
Weymouth par Cherbourg, j'avais un plaisir de

voyageur à constater l'extraordinaire ressemblance des paysages. Cette ressemblance est-elle descendue jusqu'aux âmes? Je le croirais, à sentir combien le rêve d'un Shakespeare ou d'un Carlyle est voisin du rêve d'un Normand de race pure comme M. d'Aurevilly. C'est un trait encore à joindre aux traits que j'ai notés, et qui explique pourquoi l'accord intime n'a jamais pu se faire entre ce noble écrivain et notre dix-neuvième siècle français*. Apre et solitaire destinée, mais à laquelle M. d'Aurevilly aura dû de séjourner dans un monde de visions magnifiques, et de conserver une superbe intégrité de sa pensée... — Est-ce qu'un homme fier peut souhaiter davantage?...

PAUL BOURGET.

Mai 1883.

---

* Je note encore (p. 188) dans le *Memorandum* de Caen : « Roman, impressions écrites, souvenirs, « travaux, *tout doit être normand pour moi et se ratta-* « *cher à la Normandie.* »

I

Voici qui paraîtra une inconséquence à la tête
de ce petit volume : — la plus grande fatuité, en
fait de femmes, comme en fait de voyages, serait
de n'en parler jamais.

II

On ne serait pas voyageur, si l'on était encore
plus aristocratique que l'on n'est. Il y a quelque
chose de démocratique en effet dans les voyages,
un amour secret des majorités... qu'il faut mépriser.

III

Mais ici c'est moins deux voyages que deux
séjours.

Premier Memorandum

20

Le 28 septembre 1856, à Caen.
Hôtel Lagouelle.

REBUTIEN veut que je lui fasse un *Memorandum* de tous les jours que je passerai à Caen, et, pour moi, ce que *Trebutien veut, Dieu le veut!* Je recommence donc pour lui ce que j'avais fait pour *Guérin* à une autre époque. — Avant de quitter Paris et de m'en aller en Normandie, je m'étais promis de faire aussi de mon voyage un *Memorandum* pour *celle* que je nomme l'*Ange blanc;* je l'ai commencé, mais il est resté à la seconde page. — Sont-ce les absorptions par la

famille, les visites, les interruptions de toute
sorte, si *naturelles* quand on revient dans son
pays après dix-huit ans, qui m'ont empêché de
continuer ce *Memorandum ?*... Il y a eu de cela,
certainement, mais ce n'a pas été *toute la cause*
de ce délaissement d'un projet qui *m'avait plu*,
parce qu'il *plaisait* à l'*Ange Blanc*. — La *cause*
est plus profonde. Elle tient à l'état même de
mon âme et des choses. — Avec l'*Ange Blanc*,
tout tourne à la lettre. Un *Memorandum* des choses passées — cette sépulture de chaque parcelle
de vie, car ici, nous nous enterrons en détail,
— s'efface sous l'omni-présence des sentiments.
Au lieu de penser le soir à la récapitulation des
minutes de la journée et de leur emploi, on pense
à *celle* pour qui l'on écrit, et c'est d'*elle* qu'on
va parler, au lieu de *lui parler* d'autre chose. —
L'amour est trop exclusif, trop impérieux, trop
jaculatoire ; il parle trop à la *seconde personne*
pour qu'avec lui le *Memorandum* soit possible. Il
n'y a pas d'histoire en dehors de la femme aimée,
et le *Memorandum* est une histoire... L'amitié,
au contraire, est la vraie confidente du *Memorandum.* Elle est calme et vous laisse calme. Elle
a des intérêts en dehors d'elle-même, tandis que
l'amour n'en a pas. L'âme ne monte pas, chez
elle, par-dessus l'intelligence. Elle sait regarder,
écouter, et tourner le *globe terrestre* d'un *Memorandum* dans ses mains impartiales, tandis que
l'amour ne sait que se regarder dans les yeux

qu'on aime. Le *Memorandum* appartient donc exclusivement aux amis. Lord Byron, qui s'est tant exprimé et tordu l'âme dans des *Memoranda*, les adresse à lui-même (son meilleur ami, *que je crois !*) ou à Hobhouse, ou à sa sœur. — Il n'y en a pas un *seul* à une des femmes qu'il a aimées. — *It is not singular !* — Il sentait le *vrai* que je viens d'indiquer.

Aujourd'hui, arrivé à CAEN, à cinq heures du matin, par une pluie d'*abat ;* car elle était mêlée d'un vent à tout abattre, — une pluie *trombale !* — J'étais, hier, parti d'Avranches à deux heures et demie. J'étais dans le coupé de la diligence avec deux femmes, l'une petite fille encore (mais il n'y en a plus, de petites filles, l'espèce en est perdue ; il n'y a plus que des *petites femmes,* comme dit ce déplaisant esprit d'Alphonse Karr, qui rencontre quelquefois très juste), et l'autre trop femme, car elle commençait à se passer. Il y avait aussi une poupée, que la petite fille a habillée, déshabillée, *coiffée de nuit,* en me regardant de côté avec de longs regards obliques, et mise à dormir dans le hamac de son chapeau, pendu au filet. — C'était une fillette (non la poupée du chapeau, mais l'autre !) qui s'en retournait à Saint-Denys. — La femme qui l'accompagnait m'a *fait l'effet* d'une institutrice à *gages* ou de *bonne volonté.* — Pas jolie ! pâle, froide, un peu guindée ; pas laide non plus et plus distinguée de physionomie que ne le sont

ordinairement ces sortes de femelles qu'on appelle
des *institutrices*, et qui n'*instituent* guères que des
ridicules ou des vices. — Nous n'avons rien dit qu'a-
près Vire, longtemps après Vire. — Je m'étais
retranché dans le plus superbe de mes silences.
— Elles ont *fait mine* de lire, et toutes les autres
mines que des créatures qui *veulent être remarquées*, cette éternelle obsession et tentation de
la femme, savent déployer dans le compartiment
de voiture où l'on est *incrusté* pour une dizaine
d'heures ! — D'Avranches à Vire, le paysage
plantureux, très vert, chargé de grosses masses
d'arbres, — un pays (encore tout à l'heure) à
coups de fusil, si l'on en tirait. Mais, hélas ! si
l'on a *chouanné* là, on n'y chouannera plus !
Royalistes, *vous n'irez plus au bois, les lauriers
sont coupés !* comme dit la chanson. Je me demande comment s'appelleront les premiers parti-
sans de la guerre civile de l'avenir ?...

Relâché à Vire pendant une heure et demie,
— *oimè !* — *Tout écrasait de pluie*, comme ils
disent ici : énergique faute de français que j'aime.
— Dîné seul au *Cheval-Blanc*, dans un désert de
quarante couverts, rangés là... pour personne !
— Remonté en voiture. — Mes compagnes de
route ont *coqueté* et *cacqueté* leur toilette de nuit ;
elles se sont tapies et remuées dans leurs coins,
comme des oiseaux au fond de leurs nids, et ont
fini par attraper le sommeil à force de l'agacer,
— coquettes avec tout, ces diables de femmes,

même avec le sommeil et son oubli! — N'ayant plus de paysage à observer, j'ai pensé à ma chère dormeuse de... et cherché, dans les vagues ombres de la route, des profils de toits — rapidement effacés — qui m'auraient rappelé le toit du..., cette couverture de ma vie! — Les femmes, au bout de deux à trois heures, se sont réveillées, et la petite fille a eu deux ou trois jolis mouvements si naturels, que je me suis mis à causer avec cette *enfance*, — le naturel, vainqueur de tout! — Ai demandé à cette petite si elle connaissait à Saint-Denys Madame de L... — M'a répondu par un *oui* bien étonné, et ce nom qui m'est cher (Trebutien sait pourquoi) a été l'anneau par lequel notre conversation a passé, comme un long mouchoir de soie qu'on enfile dans la bague d'une femme. La *dueña* est intervenue un peu trop tôt dans les babillages de l'enfant, attirée et bientôt familière, — ma petite *Leïla* de voyage, mais que je n'ai pas emportée roulée dans mon porte-manteau comme Don Juan! — Ma *Leïla*, à moi, — et dans un autre voyage : le voyage de la vie, — est une grande demoiselle de seize ans, rose comme Briséis, et qui me lasse l'épaule, que j'ai solide pourtant, quand elle y appuie sa grosse tête, — *faite comme la mienne*, prétend sa mère. Coquetterie charmante de maternité et d'amour! Sorcellerie divine, qui me force à me retrouver dans *sa* fille, puisqu' ELLE m'y voit, et, fat que je suis! à *m'y* aimer.

Arrivé à *Caen*, — jeté au lit de suite, et dormi
jusqu'à huit heures. — Réveillé surtout par l'idée
que j'allais trouver chez *Trebutien* une lettre de
l'*Ange Blanc*. — Habillé, — traversé la place
Royale, *mise en masque* par un baldaquin qui n'a
pas de nom dans les langues humaines, et planté
là en l'honneur des Bêtes; car c'était un jour de
fête à la manière municipale de cette fière ville,
tombée comme toutes choses, et l'on couronnait les plus gros lapins et les plus beaux bœufs
qui *avaient peau*. — *Avoir peau !* expression mystérieuse que j'ai ouïe autrefois à mon oncle, le
grand bouvier *Jean-François-Frédéric Barbey d'Aurevilly*, le Rob-Roy du Cotentin ! — Il paraît que
c'est la gloire des bœufs que d'avoir peau, quoique cela semble une nécessité pour tout le
monde. — Dans leur langage absurdement romain, la fête d'aujourd'hui était un *Comice agri-
cole*. Ils ont beuglé, tambouriné, et fait mille
si affreuses piailleries sur cette pauvre *place
Royale*, que Trebutien, que j'ai appelé tantôt —
comme l'*Ange Blanc* — *une sensitive saignante
et violente*, n'en est pas sorti ! Nature esthétique,
à qui le laid ou le vulgaire fait aussi mal que la
morsure physique d'un acier.

Trouvé Trebutien dans sa cellule, — ce grand
moine du Mépris, qui n'a de règle que l'inflexi-
bilité du sien pour les choses et les œuvres du
siècle, et qui s'est cloîtré si noblement contre
lui ! — Ai trouvé aussi ma pâture de lettres. —

Causé avec Trebutien, toujours préoccupé de moi, de mes ouvrages, de mes lettres, et *méditant* des publications de tout cela comme il sait en faire, lui, l'Éditeur-Artiste ! — Il est bien moins aussi par le *sentiment de l'éternité,* car il le porte dans son magnifique et immuable sentiment pour moi. — Avons touché à cent points divers, comme on fait après une longue absence, véritable obstruction d'idées, de sentiments et de souvenirs ! — L'ai quitté pour aller à la messe de la *Gloriette* (l'ancienne église des Jésuites), mais je m'étais attardé, et j'ai été obligé de me contenter de cette fameuse messe que l'on dit à Rome pour les voyageurs. — Rentré, — et mis à écrire à l'*Ange Blanc* une longue lettre, ainsi qu'à ma mère. — Les cloches ont beaucoup vibré et m'ont rappelé mes premiers jours de jeunesse, quand j'étais ici et qu'elles sonnaient exactement du même son. — Ces voix de cuivre ne changent pas comme les voix humaines. — Ce dont j'ai été le plus frappé dans ce voyage en Normandie, où j'ai trouvé tant de changements si tristes et entre autres *un si cruel,* c'est du changement des voix. — Constaté que les cloches ne m'apportaient pas de mélancolie. — Tout ce qui est en dehors de mon sentiment actuel pour l'*Ange Blanc,* tout ce qui me rappelle un passé où *elle n'était pas,* est exempt de mélancolie. — De mon passé, je ne regrette qu'*elle* qui ne s'y est pas mêlée, — qui n'a pas pris ma vie d'assez

21

bonne heure pour me sauver de tout ce que cette
folle vie a eu de coupable et d'affreux...

Jeté moi-même mes lettres à la poste, — puis
rentré pour dîner seul. — Lu le *Siècle* en dînant.
Il y avait un article sur *Charlet*, vide d'idées,
mais plein de citations assez curieuses. — Une
espèce de *Bourru bienfaisant*, en fait d'idées, que
ce Charlet! Il a du trait, mais le sculpteur Préault,
que je connais, en a plus que lui. — Après mon
dîner, allé chez Trebutien, où nous avons causé
au coin du feu, retirés de tout, parfaitement
à nous-mêmes, dans cette cellule silencieuse,
— comme deux pasteurs au fond des bois. — Avons
jaugé cette vie de tant d'années, passée sans nous
voir; dit les choses inexprimables par lettres,
inexprimables ici, — ce que j'appelle le *quatrième
dessous de tout !* — Verve, éclat, mouvement,
hardiesse, vérité de gens qui font leur jugement
de Josaphat sur les choses, les autres et eux-
mêmes ! De pareilles causeries payent l'absence
et la solitude endurée du cœur. — Revenu à
l'hôtel quelques minutes après dix heures. — Fatigué de ma nuit précédente en voiture, je me suis
couché.

29 septembre.

Levé à 7 heures, — la tête ferme comme un
homme qui a dormi et qui vit beaucoup par le
sommeil. La physiologie m'a appris que les natu-

res fortes ont pour nourrice le sommeil. — Plus j'ai
souffert, plus j'ai travaillé (autre souffrance souvent!), plus j'ai senti, plus je me suis passionné,
plus j'ai dormi après... comme une brute!
Oui, même le chagrin, l'inquiétude, l'*agonie de
l'inquiétude* (une sensation à moi!) me font dormir. C'est la honte de la Poésie que cela, mais
c'est la nature humaine et son impassible réalité.
Plus on dépense, plus il faut réparer; et si l'on
ne répare pas, c'est que Dieu n'a pas mis en
vous les forces réparatrices... Et voici la Poésie
qui se relève tout à coup! car la Force — une
force quelconque — est une chose poétique! —
Condé dormait au moment de livrer bataille. Les
badauds de l'histoire et les rhétoriciens donnent
cela comme une preuve de la magnanimité et du
calme de son âme. — Il est probable qu'il dor-
mit d'inquiétude dévorée : — il avait *peur de perdre la bataille*, et les anxiétés finirent par... le
foudroiement du cerveau, — une apoplexie ou
une paralysie du sommeil. *Physiologiquement*,
Condé était très fort. Rappelez-vous Ninon!

, Commencé le *Memorandum* que voici, — pris
une tasse de café et fini une lettre à ma mère.
— Le temps coupé de soleil et de pluie; mais
c'est la pluie qui coupe le mieux. — Allumé du
feu. — Je suis frileux comme une hirondelle, et
d'ailleurs ne sommes-nous pas en Normandie, la
belle *pluvieuse*, qui a de belles larmes froides sur
de belles joues fraîches? — J'ai vu des femmes

pleurer ainsi! Les pluies de la Normandie sont
froides comme les larmes de ces femmes-là! —
Resté à ma table à écrire jusqu'à midi, — habillé,
— mangé deux côtelettes, — jeté ma lettre à
mia madre à la poste, — puis allé à la Bibliothèque trouver Trebutien. — Avons lu des vers de
Guérin, inconnus et qui doivent briller au premier
rang dans le volume que nous préparons. — Superbes de tout point, et dans une inspiration très peu
habituelle à l'auteur, qui est panthéiste avant tout,
non pas à la manière allemande, Dieu merci!
mais à la sienne, — incomparable. Or, les vers
en question sont personnels, passionnés et chrétiens.
— Pendant que nous étions là, Charma est
arrivé. — Très gracieux l'un pour l'autre. — J'aime
le rare esprit de Charma, un esprit perçant
et sceptique, agile, mais sans assiette Homme
d'objection, qui n'affirme qu'un quart d'heure ce
qu'il croit le plus! Il a le génie de la critique.
Chasseur d'idées qui fait lever un gibier immense.
— Le génie de l'affirmation et de la certitude lui
viendra-t-il, ou ne sera-t-il que ce qu'il est aujourd'hui? Le temps, qui mûrit quand il ne pourrit
pas, mûrira-t-il Charma? l'accroîtra-t-il? le les-
tera-t-il? et le *stat moles* viendra-t-il enfin à cet
homme, qui tourne toujours, comme une aiguille
trop aimantée, dans la rose des vents de sa philosophie? — Nous nous sommes trop peu vus aujour-
d'hui, et sommes trop restés sur le terrain plane des
politesses officielles pour le savoir. — Vu aussi à

la Bibliothèque une Anglaise à laquelle Trebutien
m'a présenté, — *une* poète, — une madame *Carey*,
je crois. Accent anglais, figure anglaise, mais
cordiale, aimant la poésie, les livres, tout ce qui
rend *bleue* une femme, et n'étant pas *bleue!* —
Elle *débarquait* dans la langue et la littérature
francaises, et comme elle était à *Caen*, elle lisait
Malherbe, l'admirant avec un entr'ouvrement de
bouche qui laissait voir ses dents blanches et bien
rangées sous ses lèvres courtes, — une bouche
confortable. — Trebutien — avec qui elle est en
politesse de livres — lui a donné les *RELIQUIÆ*
d'Eugénie de Guérin, m'a prié d'y mettre une
inscription, et, comme nous venions de parler de
Shakespeare, j'ai écrit sur le petit volume :
A Madame C... Donné par J. B. d'A. et G. S. T.
comme un hommage respectueux et comme une
espérance, — *l'espérance de voir une main de*
femme préparer la gloire du cygne du Cayla dans
l'île des cygnes de Shakespeare. — Trebutien a eu
la bonté de trouver cela bien. *Not shocking!* —
Après le départ de la dame, qui était flanquée de
deux autres, muettes comme des esclaves turcs,
Trebutien m'a fait les honneurs de sa Bibliothèque. — Examiné ensemble les portraits qui
ornent le pourtour ; les gloires du pays, sous les
nuages du pays, et qui, à l'exception de Huet, de
Malfilâtre et du poète de l'Anglaise, — notre
Malherbe, — ne se voient guères à l'œil nud que
dans l'atmosphère du pays. Remarqué trois ou

quatre bonnes toiles, entre autres deux portraits
d'un amateur de Vire, m'a dit mon *Cicerone*, —
un monsieur *Le Grain* (qui, ma foi ! pourrait faire
semence et récolte !) et qui, tout amateur qu'il
soit, a le sens et la main artistes. — Sommes
sortis de la Bibliothèque à quatre heures, après
avoir déterminé le genre de travail que nous de-
vons faire ce soir sur *Guérin*. — J'ai voulu ac-
compagner Trebutien dans sa promenade habituelle avant le dîner. — Il est régulier comme
Lord Byron lui-même, et moi, je ne veux rien
déranger à l'économie de sa vie, mais lui rendre
ses habitudes plus chères quand je serai parti,
parce que je les aurai partagées !

En sortant pour la promenade en question,
Trebutien a trouvé *at home* et m'a remis triom-
phant — il prévoyait le plaisir qu'il allait me
faire — une lettre de ma *sénéchaussée d'...*
L'ai lue de suite, — pour la relire ! — Ces lettres sont le cordial de ma vie, l'*élixir de longue
vie* pour mon cœur ! — Allés sur le *Cours* en
faisant un détour, à cause du vent qui était fort
vif et du soleil qui ne l'était pas. — Traversé la
place *Malherbe*. Ai montré les fenêtres de mon
ancien logement d'étudiant à Trebutien. — L'une
de ces fenêtres était ouverte. Une femme y tra-
vaillait. — En les regardant, toujours le même
calme, toujours la même absence de mélancolie.
— Ah ! l'*Ange Blanc* serait bien contente si elle
pouvait voir le fond de mon cœur *ici !* — *Elle*

m'a déraciné de cette terre que j'ai aimée pourtant, et il n'en reste pas un grain de poussière à
mes racines!...

Nous n'avons fait qu'une moitié de promenade,
parce que le Cours était envahi par une foire, —
une vieille foire normande, — la *Foire aux Oi-
gnons*, — et que nous ne sommes fous, Trebutien ni moi, de la figure humaine. — Longé le
mur, le fameux mur qui a rendu Trebutien si
éloquemment indigné dans son livre sur *Caen*,
lui, le *lapidaire* jaloux de sa ville, qui demain ne
sera plus des *pierres* précieuses! — En voyant
cela de mes propres yeux, j'ai compris sa colère.
— Ce mur est le massacre, sous des pierres,
d'une promenade charmante; la stupide *lapida-
tion* d'une belle chose. — Avons remonté le canal
du *Duc Robert*, peu profond, jaune dans l'herbe
verte, ridé de mille plis. — Que de plis effacés
et refaits par le vent depuis le duc Robert et
l'année 1104! O rêverie! — Nous sommes tour-
nés vers la prairie, ce *Camp du drap vert*, — la
gloire et la beauté du *Cours la Reine*, — et Trebutien m'a montré du bout de sa canne — la
seule chose avec quoi on doive désigner de pareilles abominations, car la main crispée y répu-
gnerait, — la place où ils vont couper ce splendide morceau de verdure et rompre un horizon,
beau, à sa manière, comme la baie de Naples ou
la vue du Bosphore. Ah! si Byron avait vécu ici
comme Brummell, cette promenade sublime aurait

son rang dans les admirations officielles du monde
et de l'Europe! Cela est vraiment digne des vers
du *Don Juan* ou du *Childe-Harold*.

Rentrés, — sans rencontrer un visage digne
d'arrêter le regard. — Depuis que je suis en
Normandie, n'ai pas vu un seul front où la main
divine ait laissé son petit bout de rayon. A *Valognes*, le pays des jolies filles de mon adolescence,
je n'ai pas vu, pendant tout le temps que j'y suis
resté, errant dans ses rues et sa place comme
une âme en peine, une seule figure sous ces
Comètes * qui ne sont plus radieuses et qui m'éblouissaient autrefois! — La figure humaine,
supportable seulement dans la beauté de la
femme et de l'enfant, s'en va comme tout le
reste. Thersite! voilà maintenant l'humanité, et
ce polisson a des filles!

Dîné tête à tête, à l'hôtel, — et nos lèvres
essuyées retournés, Trebutien et moi, à sa
cellule, que j'aime parce qu'elle encadre admirablement, dans sa nudité sérieuse, le *Passer Soli-*

---

* Les *Comètes* étaient une espèce de coiffes très
busquées en avant et formant casque, et qui donnaient l'air singulièrement amazone à ces riantes
têtes si coquettement entortillées dans du linon.
Pourquoi les appelait-on des *Comètes?* Le langage
de la mode a sa folie. Toujours est-il que pour bien
porter ce genre de coiffe, il fallait avoir en chignon
la chevelure de Bérénice.

tarius. — Allumé *deux* feux, celui du bois et celui
de l'âme : un véritable embrâsement de causerie !
Lui me questionnant, moi répondant, et, par la
confidence, complétant mes lettres et le faisant
descendre tous les escaliers en spirale d'une vie
que les circonstances, les passions, le diable enfin, ont tordue et retordue longtemps, comme un
tire-bouchon anglais, *forcé* par la main *crotoniate*
de quelque vaillant ivrogne ! — Retrempés de
temps à autre dans les flots de cristal sonore et
lumineux de la poésie de *Guérin* ; — marqué à
l'encre rouge les pièces qui doivent composer
le volume de vers. — En nous faisant sévères
comme des hommes *à qui rien ne manque*, nous
en avons trouvé *vingt-trois*, — vingt-trois chefs-
d'œuvre ! où Dante et Virgile s'entrelacent *par-
dessus* une inspiration qui a sa *genuiness* à elle,
et que rien ne rappelle dans les poésies jusqu'ici
connues et admirées. — Rentré avec la volonté
de travailler, et je n'ai pu que lire. — Les vers
de *Guérin* avaient fait lever en moi mille pensées,
comme un airain frappé fait lever les abeilles.

30 septembre.

Levé à sept heures, — soins de toilette jusqu'à
huit. — Le coiffeur, — puis assis à ma table, et
travaillé en prenant le café, comme à Paris. —

22

Me voici rentré dans la vie régulière, la seule
chose qu'il y ait, les seules balises qui arrêtent,
pour un être aussi dominé et entraîné que moi
par ses pensées et ses rêveries. — Que de fois
je me suis placé devant un travail déterminé,
important, pressé, nécessaire, et la diable de
Fancy ayant ouvert ses grandes ailes, je m'en suis
allé, malgré moi, *dériver* bien loin ! — Les règles
ne sont bonnes que pour les natures fougueuses,
capricieuses, irrégulières. Les *Réguliers* n'en ont
pas besoin. Il faut comprimer les passions dans
des routines, ou bien on n'entend rien à la vie et
on se fait dévorer par elle. — Travaillé et lu jusqu'à
deux heures, même en déjeunant. — Le temps
vif, mais *relevé* (mot d'ici). — Habillé vers deux
heures, pour aller rejoindre Trebutien à la Bibliothèque. N'y était pas. — L'ai trouvé chez
lui, et, tentés par le soleil, quoiqu'il fût assailli
de nuages, nous sommes allés sur le *Cours la
Reine*, — cette promenade belle comme celle
dont elle porte le nom, et, comme elle, condam-
née à mort. Pour cette seconde reine (la reine
des promenades), le coup de guillotine sera un
viaduc.

Monté et descendu les trois côtés du *Cours*, —
l'encadrement de la prairie. Le temps expressif,
— un peu de vent salé et fouettant comme le
vent des bords de la mer, mais le ciel gonflé de
gros nuages, bleu-ardoise, avec des nappes de
soleil qui se levaient et retombaient entre ces

gros nuages comme des rideaux de théâtre, —
lumière intermittente. Sous ce dais de nuages d'un
ton sombre, le vert de la prairie, éclatant, presque mordant, *faisait* bien ! Quelques flaques d'eau,
venues des pluies tombées ces derniers jours,
semaient, ici et là, de petites opales les faces de
la vaste Émeraude. — Pas une âme au milieu de
tout cela... que les deux nôtres, qui n'en font
qu'une ! — Arrivés en face du pont de *Vaucelles*. Remarqué le profil indigne, bâtard, prosaïque, *bourgeois de ce temps* (ce mot dit tout !),
des maisons qui bordent par là la rivière. — Tout
est déshonoré par les constructions modernes : le
paysage, la terre et les eaux, et jusqu'à l'air dans
lequel on ose les élever ! — Quelles traces les *classes
moyennes*, comme dit Guizot, leur publiciste et
leur parrain, laisseront dans l'histoire, et quelle
signature de leur bassesse que leurs monuments !
Ils ont aussi détruit des saules qui pleuraient
bien de l'autre côté de la rivière et qui semblaient
l'avoir *dégouttée* de leur chevelure ; mais il fallait
bien démasquer des usines qui veulent se montrer
dans leur gloire. Des usines et des latrines, voilà
ce que la civilisation du xixᵉ siècle plante orgueil-
leusement sur ses fleuves ! — En revenant, avons
rencontré une ou deux bonnes d'enfant, — aussi
vulgaires que leurs maîtres, probablement, —
quelques étrangers, et une vieille mère, qui pro-
menait sa vieille fille avec une surveillance... pos-
thume ! — Suis allé seul faire une visite à M. Ber-

trand, que je n'ai pas revu depuis ma jeunesse;
— il était sorti. Puis, avec Trebutien, visité
MM. Le Flaguais. — Causé là avec assez de *frin-
gance.* — Revenu à l'hôtel (moi) et lu le livre
de Hefele *(Ximenès)* sur lequel je dois *articler.*
— Homme grand (Ximenès), livre petit. Les
Allemands ne savent pas faire un livre; ils ne peuvent que le préparer...

Trebutien est venu à cinq heures. — Dîné
comme je veux dîner tout le temps que je serai
ici, *insieme* et seuls. — Mis des réputations de
femmes sur la table. Il paraît que la corruption
ne manque pas plus à la province qu'à Paris. —
Mœurs Égalitaires! — L'Égalité dans le vice va
plus vite encore que l'Égalité politique, qui ne va
pas mal! Où finirons-nous par arriver? — Après
le dîner, tracé notre diagonale ordinaire et allés
faire du feu chez Trebutien. — Causerie entre-
coupée de lectures. — Avons lu un poète presque inconnu, quoique son nom soit entouré des
fleurettes de Clémence Isaure et qu'il traîne parfois dans quelques journaux: *Siméon Pécontal.*
L'avais vu et entendu à Paris, — pas brillant,
embarrassé dans ses phrases qu'il ne finit pas,
mais d'un œil et d'une physionomie assez sympa-
thiques. Eh bien, cet *embarrassé de diction* en a
une très ferme et très nette, la plume à la main.
Évidemment, il a en lui vertu de poète. Le caractère de son talent est un don charmant de simplicité. Il est simple... comme on ne l'est plus.

La décadence de ce temps ne lui a pas contourné les membres dans ses gymnastiques enragées, et il ose être naturel. — Avec cela, peu de succès, une vie obscure; — il est, je crois, bibliothécaire quelque part. Mais moi, je dirai prochainement ce que vaut cette violette oubliée qui, de temps à autre, s'élance en lys; — car il a parfois l'élévation et la splendeur nitide, et le port suavement fier de cette fleur royale. Les meilleures aubaines de mon métier de critique, c'est de rendre justice aux pauvres et si touchantes supériorités méconnues :

Je ne suis qu'un ver luisant,
Mais je rends leur nuit moins sombre !

Trebutien un peu fatigué, je me suis retiré vers dix heures, — au *couvre-feu*, qu'on sonne encore ici comme au Moyen Age. Ils ont oublié de supprimer cela ! — Rentré à l'hôtel. — Ai remarqué la tristesse de la ville en traversant la place Royale. Elle est triste comme un cadavre.

1er octobre.

Levé toujours à la même heure, — rasé, — puis, le feu allumé, au travail. — Achevé le *Ximenès* comme lecture. Pas plus content de la fin

que du commencement, et les traducteurs — deux
cuistres sous la même calotte grasse — l'ont encore gâté avec leur style vulgaire et lourd. —
Couronné mon travail de la matinée par une lettre à *Sainte-Beuve*, en lui envoyant les *Larmes d'une
Sœur*, cette poésie retrouvée dans les papiers
d'*Eugénie de Guérin*, — fleur venue sur une tombe
et que nous avons ramassée sur une autre tombe,
— tronçon de chef-d'œuvre auquel, non le souffle,
mais la main a manqué ! — Sorti par le plus beau
soleil d'automne, — une promesse d'octobre brillant, — allé à la Bibliothèque rejoindre Trebutien.
Il y avait là M. Le Flaguais, puis M. de G...,
inspecteur d'Académie. — De là, nous sommes
allés, Trebutien et moi, chez M. Mancel, l'ancien
libraire, le *Murray* de Caen, qui a quitté la librai-
rie pour se jeter dans les beaux-arts ; — il est
amateur de peinture. — Tête originale, du reste,
pleine de feu, de mouvement, de manière de
sentir à soi, et qui a échappé à la pétrification
commerciale, tout en gagnant sa fortune dans le
commerce. — M'a plu tel quel, et aussi parce qu'il
ressemble énormément à mon ami Poncet-Deville.
C'est le même regard, la même expression de
sourire, la même lèvre supérieure pincée, la même
coupe de moustache sur cette lèvre fine et vibrante
comme une chanterelle, la même parole abon-
dante, enthousiaste, un peu personnelle, même
un peu *fate* (mais je n'ai jamais haï une nuance
de fatuité dans un homme, quand le manque

d'esprit ne le compromet pas). — M'a fait voir ses
tableaux. Il en a plusieurs très remarquables ;
mais ce que j'ai *remarqué, moi*, c'est un *Saint Sébastien* de Van Dyck, un portrait attribué au
Guide, et une *Vierge* d'Hemling, qui surpasse
toutes les têtes de Raphaël et m'a frappé comme
une des plus belles et radieuses choses que j'aie
vues de ma vie, et que, probablement, *il y ait à
voir*. — J'ai pensé à l'*Ange Blanc*.

Le Saint Sébastien est de l'élégance aristocratique
de cette *moustache retroussée* de Van Dyck, — qui a
dans le talent, trait pour trait, ce qu'elle avait dans
la figure ! (Qui ne connaît pas ce portrait de Van
Dyck dont les femmes sont folles, quoiqu'il ne
soit plus qu'une vaine toile ?...) — Le Saint est
debout, la tête de *profil*, — une tête hâve de douleur, mais résignée, — et le corps nud et presque
tordu par la souffrance, est de *face*. Ce corps, où
la douleur lutte avec la force, l'artiste l'a fait
(idée profonde !) plus puissant que svelte, et il
ressort bien dans sa pâleur, marbrée de meurtris-
sures, sur une large draperie rouge qui semble
tomber d'une colonne. Malgré la force du soldat
qui résiste dans le martyr, il y a un mouvement
de douleur qui révèle bien qu'il est vaincu : —
— les genoux portent en dedans comme les genoux d'une femme. — Ce mouvement est très
beau. — Dans un sujet pareil, abordé avec cette
hardiesse qui conçoit Sébastien en athlète-martyr
et le *muscle* pour expliquer cette masse de flèches

sous laquelle il périt et qui ne l'a pas renversé
encore, il n'y a que Van Dyck au monde qui pût
introduire cette incroyable élégance, — l'élégance dans la force presque massive, l'élégance
dans la plus physique des douleurs ! — Le soldat
(Saint Maurice), armé et casqué, vu de trois quarts,
derrière la colonne, et qui fait repoussoir au Saint,
est aussi de la plus imposante noblesse et de cette
aristocratie naturelle à Van Dyck, qui lui fait relever sur la toile son pinceau comme il retroussait
sa moustache.

Le portrait attribué au *Guide*, et qui est assez
beau pour en être, est celui d'un homme dont le
nom est resté inconnu, et qui n'a peut-être pour
toute gloire que d'*être cette peinture.* — Étrange
chose ! le nom naufrage dans l'oubli, et les traits
qu'on avait et qu'a détruits la tombe, les voilà ano-
nymes et immortels ! — Ils feront désormais penser tout ce qui pense, et chercher un nom impossible, peut-être, à trouver. — L'homme en question
est un vieillard presque octogénaire. C'est un di-
gnitaire dans l'Église, car il a une espèce de calotte claire sur la tête (serait-ce la calotte blanche
d'un pape?) et à la main une espèce de bâton
pastoral. — Il est enveloppé d'une chape splendide, perdue d'ailleurs dans une pénombre où le
noir le plus sombre ne peut étouffer l'inextinguible
éclat d'un coloris d'ambre et d'or ! La tête de ce
Prêtre, appesanti, mais non courbé de vieillesse,
est tout à la fois majestueuse et terrible; — la

pensée m'est venue, du premier regard, d'un docteur blanchi dans les méditations théologiques les
plus absconses et d'un inquisiteur d'État. — La
puissance de la méditation et celle *non moins complète de l'action*, reposent et *somnolent* sur cette
face formidable. — Les yeux sont à moitié fermés sous leurs touffes de sourcils et leurs profondes
arcades sourcilières ; — il a tant vu, cet homme !
qu'il peut fermer ses yeux sous les lassitudes du
mépris. — La bouche, perdue dans la barbe, garde
bien son secret, — selon Lavater, le secret de
chaque homme est dans la bouche, indomptable à
la volonté, qui fait des yeux des *comédiens* plus
ou moins habiles ; — mais il y a un retrousse-
ment dans la narine droite qui dit l'ennui dédaigneux de cette tête chenue pour toutes choses, —
pensée et puissance ! — mais qui n'abdique pas
cependant. Voyez plutôt la main qui tient la
crosse ou le bâton pastoral ! C'est tout un poème
de volonté. — Toute la politique de l'Église d'Hil-
debrand respire dans cette tête accablée par ce
qu'elle sait, par ce qu'elle a fait, ce qu'elle a pensé,
et qui ne renoncera jamais, sous ces lourdes fatigues
qu'elle porte ferme, à ce grand néant du gouvernement des Empires. — La tête est bien d'aplomb sur
ces épaules, — l'œil va droit aux hommes, et pas
plus haut ! — Ce prêtre a peut-être pensé beaucoup
au ciel, mais, j'en réponds ! il ne l'a jamais regardé.

Ce portrait est certainement un des plus beaux

23

que j'aie vus. Il vaut presque le portrait peint par
Léonard de Vinci, que je n'ai vu qu'une fois et
que je n'oublierai jamais, et qui représente le
gonfalonier *Soderini* de Florence, si cruellement
maltraité par l'histoire. L'Histoire ne ment-elle
jamais à perpétuité ?... *Je crois à l'histoire* (dit je
ne sais plus qui), *mais je n'y étais pas!* Soderini
est (si l'on s'y fie) un bourgeois médiocre, digne
de faire partie des bourgeois actuels, les impoli-
tiques bourgeois du dix-neuvième siècle ! Mais
cette face d'homme d'État suprême est une réponse aux mauvais propos de l'histoire. — Léonard de Vinci reviendrait au monde et il nous
peindrait *Thiers* ou *Odilon Barrot*, qu'il ne nous
ferait jamais des *Soderini*. Le génie de l'idéal
n'est pas le démon du mensonge. Ce serait toujours les *boules* que vous connaissez !

Mais le plus précieux des trésors de M. Mancel,
c'est la Vierge d'Hemling. Pour nous, chrétiens,
ceci est au-dessus de tout, — au-dessus des Vierges et des Saintes de Fiesole, qui ont une beauté
mortifiée et *transparente*, une beauté d'Élue. La
Vierge d'Hemling a la beauté radieuse des Vierges
de Raphaël; mais la divinité du Christianisme
brille tellement dans cette tête, qu'à côté la tête
de la *Vierge à la Chaise* paraît païenne, et même
— comme expression — les têtes si chastes du
Pérugin ! Nulle parole ne peut donner l'idée de
cette chasteté divine, de ce revêtement du visage
par une âme de vierge assez pure pour incarner

en soi le Dieu de toute pureté. Au premier abord,
on ne s'aperçoit pas qu'elle est belle d'une beauté
charmante. On ne s'aperçoit que d'une chose :
c'est qu'elle est *vierge* et qu'elle est *LA VIERGE !*
— On n'a pas vu Dieu, — on en mourrait, —
mais on a vu *SA MÈRE !* — Positivement, on ne
pense qu'à *cela. Cela* complète l'esprit par une
impression inconnue. Est-elle brune ou blonde ?
— je la crois brune. — Comment a-t-elle le teint ?
— je le crois d'or vivant et tiède. — Quelle est
la forme du front ? — je le crois à trois pointes,
élevé, un peu proéminent ; mais je n'en suis pas
bien sûr. L'expression, l'angélique expression (il
faudrait créer des mots, mais qui les entendrait ?)
empêche de voir les détails de cette tête, palpitante, infusée et éclairée de pudeur. — Oh ! que
l'*Ange Blanc* admirerait et sentirait cette beauté
surnaturelle ! — Je n'ai jamais, depuis que je
suis dans ce pays, regretté autant l'*Ange Blanc*
qu'aujourd'hui. *Elle* aurait eu un vrai bonheur *

MEM... — Retourner chez M. Mancel, *après-
demain*, assurer ma première impression.

Revenus par le quai, Trebutien et moi. — Le
temps épuré et magnifique, de cette beauté triom-
phale d'automne qui est la gloire pourprée de la

---

* Le Catalogue des tableaux de la galerie Fesch
attribue cette Vierge à Van Eyck, mais qu'importe !
La gloire est si souvent ignorante, que parfois elle
devient sceptique.

Normandie. — Ils ont abattu des arbres sur ce
quai, qui a encore sa mine gaie et qu'ils finiront,
s'ils continuent, par attrister. — J'ai regardé
(mais toujours sans mélancolie) quelques portes
cochères sous lesquelles je suis bien passé autrefois. — Trebutien m'a conduit voir *Saint-Pierre*,
que le soleil lumineux de quatre heures, un soleil
d'argent incandescent, plus que d'or ! éclairait et
fouillait dans tous les méplats de son anatomie
d'architecture. — Très frappé, quoique l'architecture soit de tous les arts celui qui me touche
le moins, mon jugement et ma réflexion admet-
tant bien que c'est le premier, puisqu'il les comprend tous, mais ma sensibilité et mon imagination n'étant pas à son service. — Derrière le plus
haut et le plus admirable monument, il y a de
l'espace, et c'est toujours petit, ce que les hommes élèvent, vu à la hauteur du ciel ! — Je fais
exception pour l'architecture romane, qui m'a toujours fait éprouver des tressaillements intérieurs ;
mais l'architecture romane est une confession du
néant de l'homme, tandis que le gothique, par
exemple, qui veut être, avec de froides pierres,
ce que les Pères des Thébaïdes appelaient une
ascension de cœur, n'est que l'impuissance de monter jusqu'à Dieu. — Nonobstant, *aujourd'hui*, j'ai
compris Saint-Pierre, que Trebutien (qui est pour
moi une grande autorité, et même la plus grande
autorité,) n'hésite pas à regarder comme la plus
belle et la plus complète expression de l'idée

chrétienne. — En préfère la flèche aux clochers de Chartres, — plus hauts, dit-il, mais non plus élevés. Ce qu'il faut voir dans les monuments, c'est leur geste. L'élévation des monuments, comme celle des hommes, ne tient point à leur hauteur. — S'il est permis de parler d'art dramatique en face d'une église, quand elles jouaient toutes deux dans Cléopâtre, mademoiselle Dumesnil, qui était petite, écrasait mademoiselle Clairon et paraissait plus grande qu'elle.

Pour rentrer à l'hôtel, pris la rue des *Petits-Murs,* cette écharpe d'eau et de saules, qui va de l'épaule de Caen à sa ceinture. — Ils ont commencé de couper les franges de l'écharpe et d'abattre des saules, là comme sur le Cours la Reine. — Ah ! ici, ce n'est pas comme dans l'Évangile, où il est écrit si tendrement : « Bien-« heureux ceux qui pleurent ! » Les pleurs des saules de Caen ne les sauveront pas. Le moulin, qu'on entend encore sur ce pauvre bout de rivière *dessaulée* et *esseulée,* on ne l'entendra bientôt plus ! Les embellisseurs à contre-sens de cette malheureuse ville, qui fut belle, et qui accomplissent sur elle les immondes mutilations qui furent accomplies sur le corps de madame de Lamballe, sans avoir la soûlerie du sang pour excuse, vont, m'a dit Trebutien, supprimer ce moulin, qui battait comme le cœur simple et joyeux de la ville et nous touchait de son tic-tac. Ces gens-là auraient fait brûler au pasteur devenu vizir, de La Fon-

taine, sa panetière, sa houlette, et, je pense, *aussi
sa musette.* Aux *bandes noires,* de mémoire des-
tructive, ont succédé les ingénieurs. Et cette
bande *bleue* est, Dieu me pardonne ! pire encore.

Rentrés et dîné à l'hôtel. — Après dîner, pro-
menés dans la ville, entraînés par la beauté du
temps et un commencement de clair de lune, —
une échancrure de la coupe d'albâtre où nous
boirons dans deux jours ! — Population sans aucun
caractère, dans les rues ; — fourmillement de la
vulgarité humaine ; — pas vu un profil qui ne fût
commun ou grotesque aux vitres éclairées des
magasins. — Ils ont aussi leur Passage, leur sale
copie d'une sale chose : le *Passage des Panora-
mas* à Paris. — Avons fait le tour *carré* de la
place Royale, et nous en sommes allés défiler le
collier un peu mêlé de nos causeries. — Lu, pour
faire un point d'orgue harmonieux à nos conver-
sations, la *Promenade dans la Lande,* de Guérin.
— Poésie souffletante pour messieurs les poètes
de ce temps, qui ne sentiront pas le soufflet !
Mais nous l'entendrons, nous ! et cela ne manque
pas de volupté. — Parlé de mon *Jacques II,* que
Trebutien veut publier, et que je lui dédierai certainement, comme au *seul homme* qui ne sourcille
pas devant cette hardiesse historique ; — puis de
mes *Rhythmes oubliés,* que j'*oublie* trop. Mais mon
excuse, c'est toute ma vie ; ce sont les deux pisto-
lets à quatre coups de la Nécessité que j'ai appuyés
sur les quatre artères carotides !

Parlé aussi de sa mère, sur la mort de laquelle il ne m'a donné que des détails vagues, tremblant et n'osant d'émotion. — Je lisais dans son âme et n'ai pas voulu faire saigner le velouté sensible de cette fleur de douleur immortelle. — J'ai connu sa mère, et je ne puis abstraire des souvenirs qui me hantent le plus (les Morts me hantent !) ses profonds yeux noirs, creux et lavés de larmes, et cette voix un peu traînante, chargée de tant de cœur et de l'accent de mon pays. Trebutien a de ces yeux-là, mais ceux de sa mère s'enfonçaient plus lentement, plus longuement dans l'âme. Les siens, aussi noirs, *dardent* comme le diamant, et les choses qui passent dans ces deux miroirs, constellés de pensées, sont plus nombreuses... Figure de *Stabat mater dolorosa*, que madame Trebutien, et de mère plus douloureuse que l'autre. Elle ! elle n'a jamais eu d'Assomption.

Rentré à l'hôtel, sous une nuit qui a des lèvres de morte pour la froideur, de belles lèvres bleues, car le ciel est d'un azur superbe et glacé. — Écrit tout ce *Memorandum* avant de me coucher. — Il est près de minuit. — Bonsoir !

2 octobre.

Levé avec un mal de tête que le café a dissipé et que j'attribue au cidre que je bois comme un

vrai Normand, depuis mon séjour dans ce pays
des pommes que Saint-Amand a chanté. — Le
coiffeur est venu. — Écrit et lu jusqu'à deux
heures sans désemparer. — Le temps moins beau
qu'hier, — des nuages, du vent acide comme
citron ; — mauvais temps pour les gens nerveux !
— Habillé. — Allé chez M. Bertrand, que je veux
voir à toute force, Trebutien sait pourquoi. —
Pris par ce poétique pont *Saint-Jacques* qu'ils ont
aplati, orné de trottoirs et dont je regrette la
courbure. — Il y a là encore deux ou trois saules
pleureurs aux angles du pont et de la rivière,
qui sont bien charmants dans leur verte mélancolie
pour rester là longtemps ; — on les arrachera,
ces gracieux ennemis ! — Où est maintenant mon
pauvre vieux aveugle en sarrau bleu, accroupi sur
ses talons comme un vieux Turc, et qui disait son
Ave Maria éternel ? — Belle prière pour un pauvre ! Il semblait saluer les femmes qui passaient
de ce noble salut d'Ange : « Je vous salue, Marie,
« pleine de grâce », et en même temps il priait
CELLE-LA qui ne passait pas, mais qui l'entendait
mieux que celles qui passaient. — Cette vieille
face tannée par le vent, la pluie, la neige, le soleil, toutes les atmosphères ; ce bronze pensif de
la cécité et de la misère qui murmurait sans cesse,
le jour, la nuit, Memnon de la pauvreté qui, plus
sonore et plus touchant que l'autre, avait toujours
sur la lèvre le cruel rayon d'adversité qui le faisait gémir, où est-il maintenant ?... Dans quelque

coin perdu du cimetière de Vaucelles?... et à sa
place, vous trouvez deux décrotteurs! — Probablement ici, ville bien administrée (horrible langage), la mendicité est interdite. On chasse des
rues ceux que la Religion a si divinement nommés
« les membres de Jésus-Christ », et on souffre...
que dis-je? on inaugure des décrotteurs à leur place.
Vive le travail!

Toute la différence entre le Moyen Age et le
monde moderne est *là-dedans!*

N'ai pas trouvé M. Bertrand. — Rejoint Trebutien
à la Bibliothèque, mais en prenant par le Cours.
— Le temps triste, les nuages gris, le vent sa-
brant les ormes comme avec un bancal et leur
hachant leur beau visage de verdure nuancée. — Le
canal du duc Robert se ridant toujours dans ses
eaux qui semblent rouillées par le temps. Vieillesse d'eau qui ressemble à la vieillesse du fer. —
La promenade déserte, — les impressions d'hiver
qui s'avance, mais démenties par cette étincelante et printanière beauté de la Prairie, qui n'a
pas besoin de lumière pour la renvoyer dans son
pur éclat d'émeraude! — *Louvigny* — d'ordinaire bleuâtre — presque noir, comme j'ai vu
Jersey pour la dernière fois, sur la falaise de Carteret. — Horizon de terre, horizon de mer : il
n'y a rien de plus magnifique pour moi, dans les
paysages de Dieu, que les horizons! — Guérin
dirait cela mieux que moi.

Arrêté encore sur le pont qui sépare les deux

24

Cours. — J'aime les ponts. Je les ai toujours aimés, et ne puis passer sur aucun sans involontairement m'arrêter. — Peut-être y a-t-il en moi beaucoup de l'homme *aux rubans verts*, qui crachait dans le puits pour faire des ronds. Il faut que je m'appuie à tous les parapets et que je regarde dans toutes les eaux, comme un Narcisse, mais ce n'est pas, certes! pour y retrouver mon image. — Pensé au pont de *Saint-Sauveur*, que j'ai trouvé détruit cette année, — renversé, m'ont-ils dit, par une inondation de cette tranquille *Douve*, qui ne se met jamais en colère, mais qui, quand elle s'y met, comme les gens tranquilles, s'y met bien! — La colère de l'agneau! — Pensé aussi — car la pensée est le plus audacieux des ponts jetés *entre* et *par-dessus* toutes choses — au petit pont de l'E..., en A... — Y ai-je rêvé, appuyé sur mon bourdon et revenant avec mon camarade *Neïor*, mon *Boatswain*, à moi, de mes pèlerinages à cet humble village de B..., digne d'être chanté par Crabbe ou par Burns, dans le temps que j'étais à ...! — Temps heureux, que je m'en vais recommencer!

Rien vu dans ma randonnée sur le Cours, qu'un bonhomme qui balayait la poussière et les feuilles tombées, empiétant sur le travail du vent et du temps! — Du reste, pas une femme, — l'ornement de toutes choses! Un chapeau rose fané qui s'en allait, je crois, juché sur de longs pieds puce, — les pieds de la reine Pédauque, — voilà

tout ! — Entré à la Bibliothèque, — causé avec
Trebutien de la *Rosa Mystica* de mon frère qu'il
va publier — lu les épreuves. — Poésie sans saveur pour moi ; — il faut être plus avancé que je
ne le suis dans la vie religieuse, pour être touché
de ce qui touche *Léon* comme poétique. — Il est
évident que les mots n'ont pas la même physionomie pour nous deux. — Tel est l'effet général
du petit volume sur mon indigne personne ; mais, à
plusieurs endroits, j'ai senti et constaté le mouvement, l'élan et l'expression poétique comme je
la conçois. — Lu dans les *Annales archéologiques*
de Didron une notice intéressante, quoique froi-
dement écrite, sur *Hemling*, le peintre de ma
Vierge d'hier. — De Brugs, probablement, car
on ne sait rien de précis sur cet homme de génie,
— né en 1430, — connu, comme Dieu, seulement par ses œuvres, qui nous parlent, comme
Dieu, dans le fond du cœur ! — J'aime ces hommes qui sont, dans l'histoire, comme les anciens
rois de Perse dans leur empire, et qui ont la Majesté de l'*Invisible*. — Hemling est ainsi. On ne
le voit pas et on l'invente. On dit (parlez, Flà-
nières de l'Histoire !) qu'il s'est battu à Morat
pour le duc de Bourgogne (à la bonne heure ! un
grand artiste ne peut pas se battre pour des Ré-
publicains), qu'il fut blessé, revint à l'hôpital de
Bruges, tourna la pieuse tête d'une religieuse
(l'auteur de la notice ne le croit pas ; les raisons
qu'il donne de son incrédulité sont curieuses et

méritent la nôtre), et puis tomba dans l'oubli
avant la mort, — ou dans la mort avant l'oubli.
On ne sait pas bien. Même son nom est une question; les uns disent *Memling*, les autres *Hemling*,
par politesse et plus de commodité pour la gloire.
Hemling ou *Hemmelinck* est, en effet, plus facile
à prononcer que *Memling ;* mais pour mon compte,
j'aimerais mieux *Memling*, moi ! et précisément
parce que c'est plus difficile. Que la Gloire, cette
injuste bégayeuse si souvent, mâche des cailloux
comme Démosthène pour apprendre à parler mieux
et plus fort, et puisque nous ne pouvons couper
la langue humaine en train de sottises, écorchons-
la du moins avec le nom des grands hommes
qu'elle a méconnus !

Sommes sortis de la Bibliothèque après avoir
noté de consulter l'édition de *Segrais* que je pense
à rééditer, avec une introduction sur ce Normand
aux grâces si tendres, le singulier pasteur du
pays des Pirates, que je veux étudier, car autrefois il m'a plu... D'ailleurs, romans, impressions
écrites, souvenirs, travaux, tout doit être Normand
pour moi et se rattacher à la Normandie. Il y a
longtemps que j'écrivais à Trebutien : « Quand
« ils disent de partout que les nationalités décam-
« pent, plantons-nous hardiment, comme des
« Termes, sur la porte du pays d'où nous sommes
« et n'en bougeons pas ! » Segrais est une gloire
Normande, perdue un peu dans sa brume. Il m'appartient de l'en dégager.

Fait la promenade de Trebutien, le demi-cercle tracé par le canal du duc Robert. — Même temps que tantôt, âpre et froid. — Sur la rampe herbue du canal, un petit garçon remontait en grimpant; vu de dos dans l'herbe, il avait l'air d'un gros escargot azuré. — Trebutien m'a fait remarquer la beauté du feuillage des ormes, qui, littérale-ment, semblent avoir des pousses d'or — le *rameau d'or* de Virgile — dans leur forte verdure. C'est au point que, sans lorgnette, je prenais ces pous-ses pour des grappes comme celles de l'acacia ou de l'ébénier, et que je méconnaissais la nature des arbres plantés devant moi. — Les tueurs de sau-les tueront-ils ces magnifiques ormes? *Oseras-tu, Barbare! égorger Marius?*

Vus de face, la prairie entre deux, ces ormes, dont on aperçoit la tête par-dessus les platanes, ont une beauté de ligne et de courbe, dans le bleu du ciel, qui fait penser au sein issant des eaux d'une femme plongée et couchée dans la mer. C'est la grâce dans la force, la soudaineté et le mystère.

' Quitté Trebutien pour aller chez M. Bertrand. L'ai trouvé enfin! — M'a bien reçu et je dîne chez lui demain, tous deux seuls. — Deux passés à table, qui vont se regarder dans le blanc des yeux! — Revenu à l'hôtel. Dîné avec mon *fidus Achates*, celui dont je voudrais souder pour jamais la vie dans la mienne, comme je la soude ici pendant quelques jours. — Parlé cœur à cœur, tout en

dinant face à face. — Après dîner, empêchés de
sortir par la pluie. — Parcouru mes lettres à
Trebutien, — collection qui doit être la plus belle
plume de mon aile, si je dois devenir un oiseau
glorieux, — un *oiseau du paradis* de la gloire ! —
Le *meilleur de moi* est dans ces lettres, où je
parle ma vraie langue et en me *fichant* de tous
les publics ! — Trebutien pense ainsi, et Trebutien m'aime assez pour avoir la sagacité d'*une
femme qui aime*, la plus ▓▓droyante sagacité qui
ait jamais fait en▓▓▓ ▓▓ ▓▓ fourche de
feu dans ces te▓▓ ▓▓▓n appelle la vie ! —
Écrit un m▓▓ ▓rgueilleux sur le cahier qui ren-
ferme▓cette collection, — un mot orgueilleux qui
peut devenir un mot juste. — Comme je ne suis
pas Kepler, qu'il reste où il est, ce mot que l'avenir justifiera *peut-être*. Je ne l'écrirai point ici. —
Parlé de *Brucker*, cet homme qui a pris son génie
comme une coupe et l'a renversé *sens dessus dessous* sur tant de fronts ! Brucker, mon ami et mon
maître, que cette chienne de Gloire pourrait bien
oublier, car elle n'a pas la fidélité et le flair du
chien, la stupide drôlesse ! — *A dix heures*, rentré ; — la pluie tarie, et des constellations qui
promettent beau temps pour demain. — Resté
sur mon balcon trois quarts d'heure ; — on avait
égaré la clef de ma chambre. Mais les balcons
me plaisent dans la nuit. — Écrit, et *to bed*.

MEM... — Penser à écrire à *Saint-Bonnet* et à
lui envoyer les *Reliquiæ* de mademoiselle de Guérin.

OUBLIÉ de noter qu'avant la promenade je suis allé acheter une *limousine*, semblable à celle des charretiers Bas-Normands, et dans laquelle je veux envelopper mon dandysme cet hiver. Je la fera doubler de velours noir, comme Jean Bart avait fait doubler d'or sa culotte d'argent, et elle aura une moins *meurtrissante* destinée !

3 octobre.

Levé toujours à la même heure — habillé e travaillé jusqu'à deux heures, selon l'écon mie de mes journées ici. — Interrompu seulement par le déjeuner, fait rapidement sur la table même où j'écris. — Achevé ma toilette et écrit à la comtesse de M... la lettre que l'*Ange Blanc* m'a demandée. — Cette lettre, que j'ai écrite auss aimable qu'était aimable le *sentiment* qui l'exigeait de moi, arrivera-t-elle à temps et trouvera-t-elle la pauvre comtesse encore vivante ?... Mais qu'importe, du reste ! J'ai retourné la fière devise : *Fais ce que dois, advienne que pourra*, et de fière, je l'ai faite soumise : *Fais ce qu'*ELLE VEUT, *advienne que pourra !* — C'est écrit pour lui plaire ; que me faut-il de plus ?...

Jeté la lettre en question à la poste. — Monté ensuite à la Bibliothèque et partis, Trebutien et moi, pour revoir les tableaux de M. Mancel. —

Même homme, même accueil, même sympathie
dans l'amour de la peinture... — Revu les trois
tableaux qui m'ont *enlevé* avant-hier ; — nettoyé
mon impression, cette première impression qui,
comme la vague, a son écume. — Clarifié donc
cette vague, et voici ce qui reste, et ce qu'un troisième regard ne pourrait plus épurer : — Le *Saint
Sébastien* n'a rien perdu de son élégance, de
son expression, de sa magnifique attitude de
douleur ; mais pourquoi, puisque la figure est
défaite de souffrance et le corps crispé de la
torture endurée, pourquoi les flèches de ses
bourreaux ne hérissent-elles pas cette vaste poitrine à y planter tout un carquois ? Pourquoi le
sang ne tombe-t-il pas de muscle en muscle sur
cette musculature, en saillie par l'effet du martyre ? Pourquoi nulle plaie sur ce corps lustré, lu-
bréfié par les sueurs pâles de l'agonie ?... Les flèches, qui devraient vibrer *à l'œil* dans la chair
palpitante du Saint, elles sont en faisceau sous sa
main droite. Il l'appuie sur le carquois, qu'il fallait
vider sur son corps. Si le Saint était *glorifié*, si on
le peignait comme il est ou comme on le conçoit
dans le ciel, il suffirait des instruments de son
martyre, indiqués par le carquois placé dans le
coin du tableau. Mais il est là en pleine agonie,
en pleine douleur, en pleine expiration de tout
son être... Pourquoi donc nous montrer le *supplice sans le supplice*, sans les traces *nécessaires* du
supplice ? — Pourquoi l'expression d'un homme

déchiré, qui n'a pas une seule blessure, un seul déchirement sur tout son corps, presque convulsé cependant? Est-ce une contradiction? Est-ce un oubli? Quelle a été la pensée du peintre? car Van Dyck en avait une certainement. Il avait bien la puissance de piquer ce réseau de veines gonflées, et de faire ruisseler du sang sur ces membres qui auraient dû s'en abreuver? Il ne l'a pas fait. Son *élégance* suprême lui a-t-elle conseillé de supprimer la vue du sang comme trop physique et trop horrible?... Son *aristocratie*, qui ne l'a pas abandonné, même en peignant ce corps robuste de soldat Romain, ce torse et ces jambes développés au gymnase et dans l'arène des champs de Mars, a-t-elle eu dégoût de la réalité du sang et repoussé ce détail comme grossier et *inférieur?...* Ceci pourrait bien être, mais serait une faiblesse. Trop d'aristocratie énerve l'art, étiole le génie. Un homme plus grand que Van Dyck l'a éprouvé : c'est lord Byron. La Gloire est *une* critique profonde quand elle écrit ou dit son nom avec son titre. Mais lord Byron aurait été plus grand encore si elle avait pu l'oublier. C'eût été Byron. Ce n'est que *lord* Byron !

· Reconnu, en éclairant mieux le tableau, que ce que j'avais pris pour une draperie tombant d'une colonne, est un drapeau, sur lequel cette tête militaire trouve bien son dernier oreiller ! Adoucissement du martyre, que la mort dans un étendard ! Une telle pensée est digne de Van Dyck,

2 5

qui a *économisé* l'horreur de son drame. Il l'épar-
gne (l'horreur) même à son martyr, en changeant,
par la vertu de ce drapeau contre lequel il l'appuie, le tertre piétiné, boueux et sanglant du supplice, en l'illusion d'un champ de bataille !

Quant au portrait attribué au *Guide*, pas fléchi
d'une ligne dans mon impression d'avant-hier ! —
C'est toujours aussi profond, aussi puissant...
aussi replié et sourcilleux de réflexion qu'avant-
hier. — La tête de ce vieux pasteur d'hommes,
qui tient sa crosse de manière à faire trembler
son troupeau, est plus étonnante que le talent du
peintre qui l'a retracée; car on sent bien que cette
tête a dû exister, — elle respire de réalité. —
Quel portrait à mettre dans le cabinet d'un homme
d'État moderne, *pour lui apprendre la force*, ou *la
lui faire voir !* ce que les hommes d'État des
temps modernes ne connaissent plus. — S'il y a
de la force encore dans ce temps énervé, ce n'est
pas en haut; — c'est en bas. Mais, comme les
forces d'en bas, c'est sans direction et sans lumière. Les hommes des classes élevées ont, eux
(quand ils l'ont pourtant), la lumière, la faculté
dirigeante, la politesse, des qualités enfin dont
l'histoire leur tiendra compte, mais la force, non !
— Ils l'ont perdue. Peut-être ne faut-il pas trop
de lumière pour être un homme d'État? ou, du
moins, faut-il être plus fort que *sa* lumière, —
savoir, pour agir, l'éteindre comme on éteint son
flambeau. — On dit qu'en montant dans l'atmos-

phère, l'homme perd ses forces et s'évanouit. Les classes élevées qui habitaient là-haut, se sont évanouies...

Revenus à la Vierge d'*Hemling*. — Aussi poignante de béauté douce, — aussi exquise, — aussi divine de virginité qu'à la première fois. — Quels yeux baissés ! — Elle serait nue, que ses paupières baissées ainsi la couvriraient toute mieux qu'un manteau qu'on laisserait tomber sur elle. — Je la croyais brune, elle est blonde ; mais cette chevelure d'or est si épaisse que l'or se brunit par la force de son épaisseur. — C'est le plus magnifique *auburn*, — comme disent les Anglais, car nous n'avons pas en français de nom exact pour cette couleur, — de l'*éclat* passant *au profond*, — de l'or se fonçant jusqu'au bronze, sans cesser pour cela d'être de l'or. — Très difficile de détailler cette perfection dont l'ensemble est une harmonie, et l'harmonie, le plus délicat et le plus mystérieux des sentiments. — Le Peintre, en peignant la Mère de Dieu, a conservé toutes les faiblesses de la femme, et voilà pourquoi cette beauté céleste est comprise de nous, malgré les soixante atmosphères de pureté qui nous en séparent. — Elle est très droite, très *perpendiculairement* posée. — Les êtres purs sont droits. A la taille et au mouvement, on reconnaît les femmes chastes. — Les voluptueuses traînent, languissent et se penchent, toujours sur le point de tomber. — La manière dont le front et le nez se

tiennent dans l'ovale un peu allongé de ce visage,
— un rêve *corporisé* par le génie ! — est, je crois,
ce qu'il y a de plus surprenant dans ce surprenant tableau. — Le nez, droit et pur, ni juif ni
grec, le nez devait être le trait le plus accompli
de cette tête adorable, parce que le nez est le
trait qui révèle le plus le *fond* de notre âme, sa
manière d'être habituelle, sa *statique* et non sa
dynamique. Or, l'âme de cette Vierge ne remue
pas ; — nulle passion ne la meut et ne l'agite ; —
elle est immobile comme une fleur dans un air
bleu, à midi. — Le nez devait donc exprimer
cette pose d'âme tranquille comme l'innocence,
mais qu'un souffle ferait frissonner comme la feuille
du tremble, si la feuille du tremble avait du sang
de femme dans ses nervures ! — Le grand artiste
est arrivé par l'instinct à l'accomplissement de
cette loi. — Je crois donc le nez le trait princi-
pal et le plus merveilleux de cette tête, inouïe
pour les yeux. — Un des seins est nud et bombe
avec une hardiesse qui ne nous trouble pas, malgré sa beauté drue, tant nous sommes sous le
charme des *sentiments* et non des *formes*, en regardant cet incroyable portrait ! — Ève, avant
son péché, devait porter le sein comme cela. C'est
si intrépide, l'innocence ! — Ce sein-là avait résolu la question de l'Immaculée Conception avant
que l'Église ne l'eût décidée.

L'Enfant Jésus a quitté le sein de sa mère, et
il regarde dans le rayon, — dans le vide, comme

les enfants, — avec une bouche entr'ouverte qui
est comme un troisième regard. — La tête de
l'Enfant-Dieu est un *chef-d'œuvre de brosse*, disent
les techniciens; mais je me soucie bien des jar-
gons savants du métier ! — Ces deux sphères,
qui sont le monde tout entier, — la tête de l'Hom-
me-Dieu et le sein de la Femme, sa mère, — ainsi
rapprochées l'une sur l'autre, sont le symbole de
l'humanité dans une seule et touchante image ;
car l'humanité tout entière se résume dans la tête
de l'homme et la poitrine de la femme. Elle est
toute là, et pas ailleurs ! — C'est la Vierge qui
éclaire le tableau. Le fond est presque aussi noir
que la robe de la Vierge, qui est noire. Toute la
lumière vient de *dessous* ce visage, clarté et transparence. — « Mère !... » — disait un soldat
Russe, un poète anonyme, à Catherine II, qui passait dans un corridor sombre où il était en senti-
nelle. — « Comment m'as-tu reconnue ? — de-
manda-t-elle. — Il fait nuit ici. » — « Pas maintenant, — dit le soldat. — Où vous êtes, il fait
jour ! »

Mis à genoux pour regarder les yeux de ce
portrait, sous leurs longues paupières, pour voir
ce visage de bas en haut ; — car les femmes sont
plus belles vues d'à genoux, quand vraiment elles
sont belles. — Cent fois plus divine, vue *de là*,
que de face et rectangulairement. — C'est d'à
genoux qu'est le vrai point de vue du tableau ; —
j'en avertis ceux qui veulent bien voir. Le peintre

savait qu'une telle image serait adorée, et il a
voulu ravir ceux qui ont le bonheur et la supériorité de la Foi et de la Prière, — ou plutôt il
n'a rien voulu. Il a agi comme le génie, l'inspiration, les forces divines tombées pour quelques
secondes dans l'homme. Il n'a pas su ce qu'il
faisait. « Les hommes de génie — a dit Gœthe
« — ressemblent aux mères, qui ne savent pas
« comment elles s'y sont prises pour faire de ma-
« gnifiques enfants ! »

La Vierge d'Hemling empêche de voir bien les
autres richesses d'art de M. Mancel. — Il m'a
fallu regarder pourtant un portrait, fait sur le vif,
dans la prison même, de *Charlotte Corday*, — un
pastel. — Elle méritait un pastel, cette fille qui
a, malheureusement pour elle, du dix-huitième
siècle dans sa grandeur. On le reconnaît au galbe
de cette figure qu'aurait aimée Louis XV, mais
où la lymphe empâte légèrement le menton et les
joues, comme les froideurs de la philosophie em-
pâtent l'héroïsme de cette Beauté qui tua si froi-
dement. — Oeil bleu, bouche aux commissures
retroussées ; tête à placer dans un trumeau, l'air
souriant et pimpant. On comprend que le sale
Marat fit une horreur profonde à cette cornette
propre et attifée, et lui donna la force de se servir de ce couteau, acheté pour le rouiller dans
cette fange, et qu'elle porta toute la journée qui pré-
céda le coup dans la poche de son déshabillé blanc.

Revenu à l'hôtel ; — rencontré une ou deux

figures de femmes sortant de la vulgarité ordinaire ; — puis allé dîner chez M. Bertrand, qui a été
très chaud d'hospitalité et très ami d'expression.
— Dîner cordial et gai. — Au dessert est venu
le docteur Vatel, dont je ne connaissais que le
profil. — Ne m'avait pas remarqué autrefois
(voilà pour ma chienne de fatuité), par conséquent
ne m'a pas reconnu. — Très spirituel, léger comme
un verre de champagne, — vicomte de Jailly pour
le ton, le geste, la physionomie, l'intention, l'intonation de sa charmante plaisanterie ; — le vicomte de Jailly complet, revenu au monde et médecin. — Si cet homme-là n'a pas le scepticisme
de son art, il est diablement fort ; car il a les
formes délicieusement détachées et légères du
scepticisme. — Je ne m'étonne pas qu'on soit
spirituel en province, mais si *frisque*, si feu gré-
geois, c'est même rare à Paris ! — Il doit me
conduire demain au Bon Sauveur, me faire voir les
fous, et en particulier Des Touches, un héros de
la Chouannerie sur lequel j'ai un livre commencé,
— un roman à la manière de Scott. — Ce n'est
pas le docteur qui m'a appris la folie de cet homme ;
je la savais, et d'ailleurs un personnage de *ce passé*
tombe dans le domaine de l'Histoire. L'intérêt des
familles ne vient qu'après. Je ne vois pas, du reste,
ce qu'il faut cacher d'une folie qui est le fait
d'une noble ambition trompée et du sentiment
de grands services méconnus. Il n'y a de honte
que pour les gouvernements ingrats qui furent

cause de cette infortune. — Allé chez Trebutien achever. la soirée. — Rentré; — une petite pluie fine. — Mon amphitryon veut que je déjeune demain chez lui avec le maire de Saint-Lô, M. Dubois. — Accepté.

4 octobre, samedi.

Levé de très bonne heure; — habillé de suite et d'un trait. — Le docteur Vatel devait venir me chercher pour me montrer les fous dont il a le département au Bon Sauveur, et je voulais qu'il me trouvât sous les armes. — Venu à neuf heures. — Partis en cabriolet pour le Bon Sauveur. — Vu huit cents fous à peu près. — Très intéressé par cette visite. — Le Docteur a eu la bonté de dire aux religieuses que j'étais un savant *étranger,* — un savant *étrange* plutôt ! — Il y avait une religieuse — celle qui sonnait la cloche — qui ressemblait à ma mère, — à ma mère d'autrefois. — Je la vois partout depuis que je ne l'ai plus comme elle était, ma pauvre mère ! — Vu, les uns après les autres, tous les degrés de la folie, depuis la folie jusqu'à la démence. — Le Docteur fait militairement ranger ses malades sur les quatre côtés des salles, avec les gardiens qui les maintiennent, et il passe la revue de tous, s'informant à la religieuse ou au gardien qui l'accompagne des besoins et des accidents du malade.

— Il parle à ces aliénés avec douceur et autorité,
comme un général sur un front de bandière. —
Si l'un d'eux (ils sont libres, chapeau ou casquette
à la main,) entre en fureur, deux hommes ou trois
le prennent et l'emportent, comme une bonne
emporte l'enfant qui crie. — C'est aussi vite fait ;
— magnifique, presque magique de rapidité ! —
Comme j'admirais la manière preste dont se pratiquait cet enlèvement, le Docteur m'a dit que s
l'on hésitait, si l'on avait une minute de faiblesse
ou de retard, ils seraient *tous*, immédiatement,
en pleine révolte et indomptables ! — Ils seraient
les maîtres. — J'ai pensé aux hommes d'État.
Quelle bonne étude à faire ici de la répression
des émeutes ! — Les peuples se mènent comme
les fous. — La folie ne change pas beaucoup, *en
masse*, l'état des choses. Fous ou sages, les hommes se mènent en bloc de la même manière : —
un œil qui voit pour eux, et quatre mains qui les
forcent à obéir. — J'y ai bien réfléchi ; j'ai lu
attentivement l'Histoire. L'état de tutelle est nor-
mal à l'esprit humain, et la vue fausse des esprits
modernes, c'est d'admettre que cet état de tutelle
est transitoire et que la gloire de la civilisation
est de le finir. — L'orgueil de l'homme le commence en Titan, mais il le termine en Jocrisse.
La pointe de la pyramide d'un orgueilleux, c'est
un niais !

Comme, dans l'humanité, les grandes passions
sont rares, la folie furieuse est la moins commune

chez les fous. — Ce qui m'a le plus frappé, le
plus pénétré, ce qui m'a paru *inoubliable* d'impression, ce sont les fous tristes. — Il y en avait
plusieurs parmi tous les autres gais, hébétés,
bavards, *partis*, lesquels avaient des attitudes de
désespoir, d'accablement, de ciel tombé sur leurs
têtes, qui m'ont fait penser à quelques vers de
l'*Enfer* du Dante; — parmi les choses tristes, je
n'ai jamais rien vu de plus triste. — Quelles poses
inouïes à étudier pour un sculpteur ! Quelles
admirables cariatides ! Quels bas-reliefs ! Quelles
poses tumulaires ! Tout cela marqué d'un caractère que je nommerai, mais que je n'exprimerai
pas comme je viens de le voir : *l'intensité surhumaine de la douleur.* Surhumaine, en effet, puisque l'humanité est restée sous le coup, tuée dans
sa partie intelligente et lumineuse. Quels fronts
penchés, quelles torsions de cou sur la poitrine,
quels entrelacements de bras par-dessus la tête,
quelles manières d'être assis par terre ou de s'in-
cruster dans le mur, ou de se tenir le visage entre
ses mains ou ses genoux !! — C'étaient presque
tous des gens grossiers, laids de galbe, *ords* de
vêtements, des gens appartenant aux dernières
classes de la société; eh bien, il y avait de l'*idéal
antique* dans leurs poses. — Ils faisaient penser,
j'ai dit déjà au Dante, mais à l'Hécube, mais
aux femmes assises par terre d'une manière si terrible dans le drame de Shakespeare, *Richard III !*
— L'absorption en eux-mêmes, une absorption

tragique, épouvantable, dévorante, tarit tout
en eux, même le regard. — Sont les seuls
parmi les fous qui ne regardent rien, qui ne
prennent nul souci du monde extérieur. —
Vous allumeriez l'incendie à leurs pieds qu'ils ne
bougeraient pas! Passés à l'état de pierre stupide, au fond de laquelle suinte quelque chose
qu'on ne voit pas et qui est le désespoir et
l'insanité. — Leur immobilité est d'un *morne*
qui fend le cœur. Ils révèlent l'éternité du supplice par l'immobilité rigide de la pose. — Cela est
incomparable d'effet. — Presque tous regardent
la terre. Justification du mot sublime d'observation de Jean-Paul : « Quand on pense au passé,
« on regarde la terre; quand on pense à l'avenir,
« on regarde le ciel. » Ces fous tristes sont des
malheureux; — la cause de leur folie est une
douleur, un chagrin dans leur vie. — Ils regardent la terre ; ils n'ont plus d'avenir.

Vu les fenêtres du pavillon qu'habita *Brummell*
dans les derniers temps de sa vie, — le *pavillon
de Hanovre* de sa folie. — L'historien et le médecin de cet homme — qu'avait aimé George IV et
qu'avait envié Byron — étaient là, à trois pas du
dernier théâtre de ce dieu de la Mode, qui avait
eu l'Angleterre pour théâtre. Et le médecin donnait à l'historien des détails si dégradants pour
l'ancien *Beau*, que même ici, dans ce *Memorandum* intime, il est impossible de les répéter. —
Ce pavillon est habité par les gens riches atta-

qués de manies douces ou mélancoliques, mais en
restant dans les nuances *peu appuyées* de la mélancolie. — Le Docteur m'a fait voir un poète,
— charmant de ton, de politesse *comme il faut*,
d'usage du monde, de connaissances littéraires,
ému, de bonne humeur, presque heureux, mais
qui fait des vers *sans aucune espèce de sens quelconque;* — vous diriez des mots ramassés dans
un dictionnaire dont le vent tournerait les pages.
— Ce poète est, je crois, un marquis, — l'air
très aristocratique, superbe figure et très sympathique, — ressemble étonnamment à Chaput, qui
est si beau. On dirait son père. — Cet homme a
soixante trois ans, — m'a donné deux pièces de
vers de sa façon qu'il venait d'écrire, — écriture
honorable et *franche* (je crois aux écritures comme
aux physionomies). Nulle trace d'egarement. Mais
les deux pièces, c'est de la folie en ébullition, et
de la folie sans éclair !

Enfin vu mon *héros*, — celui pour lequel j'étais
venu exclusivement au Bon Sauveur — Il était assis
sur un banc de pierre, sous l'arcade d'une galerie qui donne à la maison du Bon Sauveur des
airs d'ancien cloître. — Le Docteur est venu à lui
en l'appelant par son nom; il s'est alors levé de
sa place, nous a salués très poliment, et le Docteur a voulu, en restant à lui parler, me montrer
ce qu'était devenue cette tête échappée aux coups
de fusil, et pour laquelle la balle d'un Bleu vaudrait
mieux actuellement que la vie. — Des Touches est

complètement fou, mais il est trop organique-
ment fort pour être idiot. — C'est un homme
que le temps a légèrement courbé ou plutôt rape-
tissé, — mais vigoureux, l'air d'un marin de ces
côtes qu'il a tant parcourues, où il a tant abordé
du temps des Chouans ! — Il était vêtu d'une
grande veste d'une espèce d'alpaga brun, — une
veste dans le genre et la forme de celle des ma-
telots, — le pantalon large de la même étoffe, la
cravate bleu-clair, et il avait une casquette. —
Tout cela très propre, — oui ! un matelot à terre,
à *son* dimanche. Voilà sa mise et sa tournure. —
La figure est tannée, mais vermeille. Le sang de
cet homme — tempérament sanguin, nuancé de
bile, — est jeune encore, malgré son âge. — Le
visage est étroit, mais assez régulier; le nez en
bec d'oiseau de proie; — ce qui lui reste de
cheveux est blanc. — Nulle distinction que celle
de la force. — Évidemment, cet homme n'est
qu'un homme d'action, tout muscle, nerfs et volonté. — Il devait faire de l'héroïsme de troisième
main, — ne pas commander, — porter une correspondance à travers tout et s'en tirer, — mais ce
ne pouvait être un chef. — Il ne l'a pas été non
plus.

Nous a appris qu'il était de Granville. Puis s'est
mis à divaguer de la plus déplorable façon, disant
au Docteur qu'il avait *deux mille ans*, lui, le Docteur, et autres folies; — puis, moi, je suis inter-
venu et brusquement lui ai jeté au nez : « *Vous*

« *rappelez-vous votre enlèvement de la prison de Cou-*
« *tances, monsieur Des Touches?* » — Un éclair,
non pas d'intelligence, mais de mémoire, a traversé son œil bleuâtre (ce qui, par parenthèse, a
frappé et étonné le Docteur, qui le croyait dans
l'impossibilité d'avoir même un souvenir), et il a
dit que *oui*, s'est animé, et m'a appris le nom —
que je ne savais pas — de son juge, du juge qui
l'avait condamné à mort, Le F... — « Et *Juste le*
« *Breton*, — lui ai-je dit, — vous le rappelez-
« vous?... » — A répondu *oui* encore, mais évidemment l'éclair de mémoire était déjà passé, et
il ne se *le* rappelait plus. — La divagation folle
et toujours en s'animant de plus en plus, est reve-
nue. — Étonné « d'être enfermé *dans cette mai-*
« *son*, lui, le gouverneur de Caen depuis trente-
« trois ans! » — Préoccupation et cri de l'ambition
trompée ! — C'était le secret de sa folie. —
L'avons quitté délirant, mais en très bons termes,
— choisis, simples, corrects ; — les habitudes de
l'éducation imposant leur ancien langage à la folie.
— Nous a quittés poliment, comme il nous avait
abordés, et a repris son banc sous l'arceau de
pierre. — Je me suis retourné pour le voir une
dernière fois. — Il était calmé, mais sa poitrine
se soulevait encore ; — ses yeux — bleus comme
cette mer qu'il a tant regardée dans le calme, la
tempête et les brumes, — ces yeux qui per-
çaient tout et qui ne percent plus rien, — étaient
vaguement arrêtés sur les plates-bandes de fleurs

rouges du jardin, qu'ils n'avaient pas même l'air
de voir !

Ai pensé au *Colonel Chabert* de Balzac... —
Presque même organisation, presque même folie ;
mais *Chabert* est plus grand : — un si grand
poète y a passé !

Une des plus touchantes images que j'aie rem-
portées de cette visite, si intéressante pour moi,
c'est la figure, l'attitude, la folie douce et imper-
ceptible, le rêve plutôt que la folie, d'un prêtre
jeune encore, assis contre le mur, à l'air, dans le
jardin ; car il n'y avait pas de soleil. Le temps
était du gris que j'aime et s'harmonisait bien,
ainsi que les fleurs du jardin, avec cette tête
douce, un peu longue, presque blanche de pâleur
sous sa calotte de velours noir, — résignée, un
peu égarée, mais pensive... pensive à quoi ?...
C'est le curé de M... Je n'ai pas voulu interroger
le Docteur sur la folie de ce prêtre si poétique et
si aimablement souriant contre son mur. Son bréviaire reposait à côté de lui sous sa main blanche,
amaigrie et veinée d'un bleu appauvri... Il m'a
semblé que l'Ange gardien de ce prêtre était à
l'autre bout du banc, et le regardait avec ces
larmes d'ange que j'ai vues parfois dans les yeux
de quelques bonnes femmes sur la terre !

Revenu avec le Docteur, — regrettant de ne
pas visiter les folles de l'établissement ; mais
M. Vatel n'est chargé que de la section des hommes. — Allé déjeuner chez M. Bertrand. — Causant,

mais l'esprit *songeant* à mon prêtre, victime encore plus que moi de ses songes. — Repris Trebutien à la Bibliothèque, — fait avec lui diverses choses, — entre autres dîné. — Le soir, avons causé et lu avec M. Le Flaguais, qui a été le troisième de notre cellule.

Connais-tu ces solitaires ?

comme dit Guérin. — M. Le Flaguais, le poète. Goutte de vie dans une coupe de poésie ; précisément le contraire de tant de gens qui ont à peine une goutte de poésie dans le large godet de leur existence ! — Soirée agréable et cordialement intellectuelle. — Rentré à l'hôtel.

5 octobre.

Aujourd'hui dimanche, réveillé presque par le bruit des cloches, qui babillaient joyeusement, de la *Gloriette*, ma voisine. — On entend mieux les cloches à Caen qu'à Paris et elles ont la voix plus joyeuse. — Lu et écrit jusqu'à onze heures avec attention et fraîcheur de tête ; — déjeuné sobrement ; — habillé, — payé une note, — et prêt pour la messe de midi. — Sorti, — ai descendu la place Royale sous un ciel orageux, gros de pluie, chauffée par un soleil qu'on voit pres-

que à travers les nuages. — Suivi la rue de la Poste, sans rencontrer qu'une ou deux bourgeoises bien communes dans leurs robes de soie, et des vieillards endimanchés. Entré à la *Gloriette*, — donné l'aumône aux vieilles femmes du porche. — Je les trouve heureuses d'être là, à la porte de Dieu, comme les vieilles hirondelles dans les corniches de l'église. — Elles ont le nid, et les passants, qui entrent ou sortent, leur donnent la pâture, la manne de quelques sous qui leur suffisent et leur paraissent delicieux ! — Qu'a-t-on besoin de plus pour finir sa vie et en soutenir les dernières bribes ?... Écouté la messe, le cœur plein de l'*Ange Blanc* qui venait de prier pour moi à un autre autel, comme je priais à celui-ci pour elle, — deux autels séparés par l'espace et rapprochés par l'amour. — L'église sombre. — Trebutien ne l'aime pas. — *Architecture de Jésuites*, dit-il avec assez de mépris. Il a raison. Grands dans tant de choses, les Jésuites sont petits dans les arts. Mais moi qui ne suis pas un dilettante d'architecture, mais un barbare à sensations, j'ai trouvé à la *Gloriette* caractère d'église : — le jour y filtrait, triste, — et cela m'a suffi pour me pénétrer. — Assez de monde, — mais continuation du même phénomène d'aridité en fait de femmes ; — pas un visage *portable* ou *supportable*, et des robes à déshonorer des couturières ! — Ai laissé défiler toute cette plèbe humaine, — et suis allé chez Trebutien le prendre ; — il me conduisait au Musée.

Quoique ayant habité Caen autrefois, — et
plusieurs années, — je n'etais jamais entré là. —
A cette époque, je m'occupais peu de peinture,
car en une foule de choses je ne me suis développé que tard, — et d'ailleurs l'être vivant me
passait alors un peu plus près du cœur que son
image. — La femme me *bouchait* tout, — m'empê-
chait de voir, me fermait le monde. — Trebutien, qui a la coquetterie de sa ville, m'avait dit
que le Musée de Caen avait deux ou trois toiles
vraiment supérieures, et malgré cette préface, ce
que j'ai trouvé m'a encore surpris.

Il y a d'abord un *Pérugin*, — le Mariage de la
Vierge (le *Sposalizio*), — une chose de premier
ordre en art chrétien, et qui nous montre combien
Raphaël est grand, puisqu'il a pu planer sur cela
et refaire ce tableau superbe ! — Lignes, ordon-
nance, composition, transparence d'atmosphère et
profondeur, tenant à la pureté d'éther qui enveloppe et baigne le temple, voilà ce qu'il y a d'in-
contestablement beau dans cette peinture que
mon jugement reconnaît pour très belle, mais qui
ne me donne aucune émotion. — Je n'accuserai
pas mon christianisme, car Fiesole, le peintre de
la lumière *intérieure* du ciel, m'émeut avec une
joue de Vierge et un petit moine de deux pouces,
agenouillé au bas d'un autel. — D'ailleurs, malgré le despotisme de l'idée commune, dans ce Pérugin, les têtes et les attitudes sont bien moins
naïves qu'on ne croit. — Le jeune homme qui

rompt la baguette est presque mignard. Rappe-
lez-vous-le dans Raphaël! Quelle forme et quel
mouvement! Si la grâce n'était pas la plus imma-
térielle des beautés qu'a créées Dieu, on dirait
que ce dos charmant et ce genou qui se ploie
sur le souple coudrier, plient tous les deux sous le
torrent de grâce que la main de Dieu par la
main du peintre y a versé. — Cela n'a de rival
dans la grâce humaine que le saint Jean de Léonard de Vinci montrant le ciel. Seulement, aussi divin par la grâce, le saint Jean de Léonard n'a pas
de rival pour la beauté, même chez Raphaël!

Il y a ensuite un *Paul Véronèse*, d'un éclat,
d'un coloris, d'une opulence et d'une vigueur de
composition étonnantes, — c'est une *Tentation
de saint Antoine*. — Le Saint, renversé par le
foudroiement de cette apparition d'une beauté
infernalement charmante qui se penche sur lui
pour l'embrâser, a voulu se soustraire à l'ensor-
cellement de cette vue terrible en cachant ses
yeux et son visage dans sa main, mais la Sirène
de l'enfer a pris la main du Saint et la maintient
dans la sienne, le forçant de la regarder. Ce
mouvement est d'une audace d'expression, —
intraduisible ici. Il faut le voir! La tentatrice tient
la main du Saint *à poignée* dans sa main fon-
dante, avec un frémissement de doigts presque
obscène, et elle lui avance sa gorge nue — une
gorge d'Astarté — tout près du visage, comme
une corbeille de raisins mûrs dans laquelle elle

lui dirait : Mords ! — Le Saint est un merveilleux athlète, aussi fort que la femme est belle ;
— attaque et résistance s'équilibrent. — Toutes
les forces de la vie bouillonnent dans ce magnifique tableau, un des plus voluptueux qu'ait produit le génie voluptueux de la Renaissance. —
Le Saint est dans l'ombre, car de tels rêves et de
telles tentations ne viennent que la nuit, et la
femme est éclairée d'une lumière crépusculaire et
mystérieuse qui adoucit et lustre la hardiesse osée
de ces contours qu'elle prodigue avec un regard
si sûr d'elle.   .   .   .   .

.   .   .   .

Enfin, la troisième très belle chose qui m'ait
frappé au Musée de Caen, c'est une grande ébau-
che de *Gérard*, que le nom de Gérard les empêche peut-être de jeter dans quelque grenier, sous
prétexte qu'une si énorme toile est très difficile à
placer. Mais moi, je ferais bâtir une salle pour y
placer ce tableau épique dans une solitude digne
de *lui !* C'est une page d'Homère, interprétée par
une tête qui a oublié le monde moderne et son
étriqué ! — C'est la correction de David, *plus* tout
ce que David n'a pas. Le sujet est la mort de
Patrocle et le désespoir d'Achille. Comme dans
l'*Iliade*, Achille emplit si bien toute la scène —
car dans l'*Iliade* il la vide quand il est absent —
qu'on ne voit qu'Achille au milieu de ces groupes
tout puissants, et qu'on a beaucoup de peine à
s'arracher de lui pour les regarder. Il est au cen-

tre de la composition, ordonnancée avec une
grandeur et une naïveté antiques; — les Anciens
étaient plus sincères que nous : ils ne rougissaient
pas de leurs larmes; ils savaient pleurer. — Tout
ce tableau pleure! mais les pleurs d'Achille sont
les plus sublimes. Ils ne coulent pas sur son visage
de demi-dieu. Ils restent dans ses yeux céruléens,
mais l'entr'ouvrement de sa bouche, la crispation
de ses narines disent assez quelle douleur immense et fougueuse, quelle douleur irritée jette
son cri contre le ciel et contre Troie! — La
bouche et les narines en proie aux cruautés de
la douleur, voilà ce qu'il y a de plus beau dans
cette tête divine, qui souffre et qui garde, dans la
souffrance opprimée, tout l'éclat et l'éternelle
fraîcheur d'un Dieu! C'est, en effet, malgré l'angoisse et la colère moulées sur cette bouche qui
crie, comme un lion blessé aux deux flancs, c'est
toujours là le fils de Thétis, le trempé du Styx,
l'immortel! Pas une meurtrissure sur ses joues,
— l'azur océanique de ses yeux est d'un bleu
plus fulgurant à travers les larmes, — le rose
ardent des lèvres ne s'est pas noirci sous les vagues
de sang de la colère qui y est montée, non! tout
étincelle, tout est splendide, tout est rayonne-
ment dans cette douleur d'un cœur d'homme qui
passe, sans les ternir, à travers les organes éthé-
rés d'un Dieu! Achille est debout, une main me-
naçante tournée vers Troie et vers le ciel tout
ensemble (mouvement complexe d'une entente

profonde, car il s'en prend de la mort de Patrocle autant au ciel qu'aux Troyens) ; l'autre main
est entourée dans son manteau, tortillé par le
vent ou par sa colère avec un *jeté* si fier et d'une
rencontre de plis si heureuse, qu'on dirait que le
fils de Thétis sort de la conque d'azur qui recouvre le char de sa mère ! La pose est si enlevée,
du reste, les éléments qui composent ce corps
d'une si merveilleuse nudité ont une telle légèreté et une telle diaphanéité, que toute *cette force
au désespoir* n'opprime pas la terre et ne pèse
pas plus *dessus* que l'homme qui s'élance d'un
char et qui n'est pas encore tombé sur le sol ! —
Le visage de dieu est de trois quarts. L'angle fa-
cial grec s'ouvre sous une chevelure d'or vivante,
les serpents de Méduse, mais sous une peau de
soleil ! Les Anciens aimaient à révéler le dieu par
la chevelure. L'or de celle d'Achille est un or
olympien qui ne se trouve pas dans les mines de
la terre. Le bleu des yeux, ce pers réservé aussi
pour les dieux, la nacre des narines et le corail
de cette bouche inouïe, tout rappelle la mère dont
il est sorti, la déesse des mers et des trésors liqui-
des... Qu'aurait dit Gœthe en voyant cela ?...

Trebutien m'a fait remarquer le torse d'une
jeune fille, — un torse de fleur, si les fleurs avaient
un torse, — et qui offre à l'adoration ce dos souple
et doux qui rend la volupté rêveuse en le regardant. Mais qu'est-ce que ce détail à côté de
l'Achille ?... L'œil remonte de ce torse vers le

demi-dieu et n'en redescend pas pour le retrouver.

A dater d'aujourd'hui, Gérard est pour moi le plus grand peintre de l'école française. — Trebutien m'a montré aussi un *Saint Sébastien*, à qui une femme ôte ses flèches. Idée tendre. La femme est belle et rappelle l'image de Shakespeare, *la Patience qui regarde la Douleur;* mais j'avais les yeux pleins d'Achille : je ne voyais plus bien...

Rentré, — reçu une visite de M. M... — Dîné, — fin de journée comme toutes nos fins de journée ici : — la causerie au coin du feu, intime. — Heureux, du reste ; dans une bonne disposition intérieure : j'avais reçu une lettre de l'*Ange Blanc.*

C'est vrai que Marie de B... ressemble à madame de *Parabère.* L'*Ange Blanc* avait trouvé très justement cela. Il y a ici, au Musée, un magnifique portrait de cette femme par Antoine Coypel, et c'est Marie, de galbe et d'éclat et de bonne humeur, de bon *caractère* dans la beauté; mais Marie est supérieure de transparence jeune et d'innocence dans sa cordialité. Comme disait ce prêtre, qui ne se savait pas si sublime, « son ange « gardien a toujours vu Dieu ! » tandis que celui de madame de Parabère a vu Monseigneur le Régent.

6 octobre. — Lundi.

Levé une heure plus tard, — nuit agitée, — un peu de fièvre. — Travaillé et écrit du *Memoran-*

dum pour Trebutien, puisque, pour marquer mon passage, il veut que j'enfonce, comme le pontife romain du temple de Minerve, ce clou dans le mur de sa ville ! — Habillé vers une heure, sorti ; — temps automnal. — Allé à la Bibliothèque, — lu deux pièces d'Hégésippe Moreau, pour donner à Trebutien une idée de la *pureté mûrie* de ce jeune homme, tué avant le temps. Son talent *ne pouvait pas* mûrir davantage. Voilà pourquoi *il pouvait* mourir. Sans contredit et sans comparaison, c'est le premier de la Bohème infortunée... Pauvre garçon ! il est mort de la *Maîtresse Rousse* (l'eau-de-vie) et des rigueurs de la Fortune, cette autre *Maîtresse Rousse*, car elle a des cheveux d'or, et elle n'en a jamais coupé une seule boucle pour la donner à cet amant adoré des Muses, qui lui eussent livré, elles, les chevelures divines de leurs neuf têtes à scalper ! — Allé avec Trebutien chez M. B..., où nous avions pris rendez-vous. — M. B... est un artiste *semé* par la destinée dans les affaires, comme une charmante fleur sur le toit d'un grenier ! — C'est un paysagiste plein de distinction ; — on dirait, avec sa vie occupée aux choses du commerce, qu'il va moins aux paysages que les paysages ne viennent à lui. — Nous a montré une belle collection de gravures allemandes d'après Overbeck. Il y a dans cette collection des choses superbes, naïves, chrétiennes, frisant le Moyen Age (mais le fer n'est pas toujours assez chaud ou l'est trop). Seulement, ce qu'il ne faut pas perdre de vue, c'est qu'Overbeck n'est réellement supérieur que quand il cesse d'être Allemand. — Avons parlé de l'opportunité de refaire du catholicisme dans les cœurs avec des images, au contraire de cette harpie de Réforme qui dégrada et souilla tout avec ses abominables caricatures... Trebutien avait eu l'idée de propager ici les gravures publiées par la Société catholique de Dusseldorf; mais M. B..., non plus zélé, mais plus habile et plus heureux, la réalise. — M. B... a terminé son exhibition d'Overbeck par une *Bible* et deux grandes compositions sur l'empereur Frédéric Barberousse, d'un peintre inconnu encore, — oui, inconnu, si l'on mesure les rayons de sa gloire aux rayons de son génie ! — C'est aussi un Allemand, mais la grandeur du génie Teuton l'eleve plus haut que toute l'Allemagne actuelle. Quelle doit être la peinture de cet homme, à en juger par les gravures que nous avons vues aujourd'hui ?...

Il s'appelle *Schnorr*, — quel nom pour la Gloire, quelle embouchure d'or à sa trompette ! N'a que soixante-quatre ans. — Nul autre détail ! — C'est encore « un gentilhomme couvert de son « nuage », comme dit ce mauvais plaisant de Shakespeare, — mais un de ces quatre matins, le nuage fondra et le gentilhomme fera faire antichambre à l'Europe à la porte de son atelier. — Le caractere de son génie (je n'hésite pas sur le mot), c'est l'immensité de choses que contient son

28

inspiration ! Grandiose, idéal, fierté, audace, profondeur, science de l'âme et des races, tout cela
dans des proportions stupéfiantes. — Dans sa
Bible, il y a un Goliath tué par David que l'on
peut comparer au Goliath de Michel-Ange, et ce
n'est pas Schnorr qui est vaincu ! — Gustave
Doré avait eu aussi le projet de faire une Bible :
maintenant, je ne le lui conseille plus. Qu'il étu-
die Schnorr ! Schnorr ! un nom (futur) dans son
art comme Mozart et Beethoven dans le leur ! Je
voudrais pouvoir donner une idée de la vigueur,
de l'impétuosité et de la largeur de mouvement
de ce peintre extraordinaire. Les Cimbres fau-
chaient l'ennemi du haut de leurs chars. Eh bien,
le *trait* de Schnorr est le vaste coup de faux des
Cimbres fauchant la mêlée. C'est le Cimbre de
la Peinture, mais il n'aura pas de Marius !

Revenus dîner à l'hôtel. — Parlé de ce Schnorr
qui nous a tant émus, — ne pouvant nous rassasier de ce beau nom prédestiné à une éclatante
renommée, s'il est permis de compter sur la
Gloire, cette *Judas* des grands hommes, qui les
baise parfois pour les trahir. — Après dîner, à la
cellule. — Causerie du soir sur tous les sujets,
comme à l'ordinaire ; mais il en a été *un* aujour-
d'hui que nous avons enfin abordé. — Je puis
dire que j'ai couché T... sur ma table d'opération et que j'ai fait ce que Dupuytren (dont nous
avons tant parlé dans nos lettres) fit sur le cœur
de son Polonais quand il lui eut rejeté la poitrine

sur le visage. Le Polonais mourut, et Dupuytren
en fut pour une opération sublime. Moi, je n'en
serai pas pour la mienne. Le chirurgien de l'âme
n'est pas de ce monde. Le mot d'Ambroise Paré
est bien plus vrai de l'âme que du corps. Les
âmes se *pansent* (seulement!), et *Dieu les guérit*
(quelquefois!).

L'ai dit à T...; étonné de le voir avec une
sensibilité si cruellement atteinte, un passé de
douleur comme le sien, et à peine les marques
au visage de ce passé, de la douleur et du temps !
— T... est exactement le même qu'il était il y a
dix-huit ans ! Son corps n'a contracté ni accrois-
sement ni diminution, — son œil est toujours la
même pierrerie dans un velours noir. Il n'a pas
un cheveu blanc, et son teint brun *se rose* quand
il a une impression agréable... « Ma race est
« forte », me disait-il hier, — et je le crois. Ces
gens de *Fresncy* ne sont pas des frênes, mais des
chênes plutôt ! Harpe qui a gémi assez fort et
assez longtemps pour que ses cordes soient cas-
sées; elles ne le sont point : elles sont d'airain.

Mardi 7.

Aujourd'hui, temps de tous les diables; ciel
pris de partout; — la pluie sans vent, — per-
pendiculaire, — et tombant *indesinenter !* — Nous

avions une expédition à faire, — à aller à ce
qu'ils appellent ici la *Maison des Gendarmes*, dont
M. Ingres avait tant parlé à mon père, sur la route
de Saint-Lô à Cherbourg qu'ils suivaient ensemble; — la regardait, di-ait-il, *comme la chose la
plus curieuse qu'il y eût à Caen*. — Opinion étrange
pour un homme comme M. Ingres ! — Et *Saint-
Étienne ?* Et l'*Abbaye-aux-Dames ?* Et *Saint Pierre*,
monsieur ?.... Doit-on dire : les paradoxes des
grands artistes en voyage, ou : leurs impertinen-
tes appréciations? — C'est l'obligeant M. Mancel
qui nous conduisait. — Allés en voiture, — traversé le quartier Saint-Gilles, l'ancien quartier anglais de mon temps d'Université. — Quartier
placide, clos sous ses persiennes, avec ses jardins
fleuris de roses entr'apercues à travers des portes
à claires-voies, d'où l'on voit la ville et ses ri-
vières. — Vu la merveille de M. Ingres : — un
mur crénelé reliant deux tours à plate-forme. —
Sur l'une de ces tours, un groupe de statues re-
présentant des hommes d'armes, détachant bien
leurs profils dans le bleu du ciel quand il est
bleu. — Aujourd'hui il était d'un gris presque
noir, désolé et sinistre; — la pluie nous étoilait
nos vêtements de ses grosses gouttes, à nous qui
faisions de l'architecture au bas de la tour. —
Sur cette tour, des médaillons en pierre qui ne
manquent ni d'art ni de poésie; les uns y voient
des empereurs Romains (pourquoi?), les autres
des têtes aimées, des légendes d'amour effacées.

— Le Temps a le pied de cette femme de Shakespeare dont il est dit dans un de ses drames :
« Jure plutôt par son pied, pour qu'elle puisse,
« d'un trait, effacer le serment ! » Tout l'ensemble
de ce mur et de ces tours, avec leurs fenêtres
romanesquement grillées, où des fronts pensifs se
sont appuyés dans des nostalgies de prison ou de
cœur, que Dieu peut-être seul a vues, oui ! tout
l'ensemble de cela a du caractère, mais ne vaut
pas le cri *suprême* d'admiration de M. Ingres. —
Allés à l'*Abbaye-aux-Dames* dont on restaure
l'église, — restauration qui paraît intelligente. —
Style roman du plus grand effet, — le style que
je sens et que j'aime. — Sous des voûtes roma-
nes, je deviens Mérovingien ; j'appartiens au temps
que mon imagination hante le plus dans l'Histoire.
— Entres à l'Hôtel-Dieu, l'ancien cloître, trans-
formé en un hôpital. — Du moins, il n'y a pas
de mésalliance ! où furent les Maries de la
contemplation et de l'amour, il y a les Marthes
de la charité. — Admiré les lignes des cours et
la longueur de la colonnade qui soutient les arceaux. — Ce sont des dames de Saint-Augustin qui
desservent la maison. Il y en avait une qui mon-
tait — une jatte dans les mains, sa robe blanche
relevée, — ces pans d'escaliers où la lumière
tombe par nappes sur les marches ; et elle faisait
bien, au tournant du balustre, avec sa jatte dans
les mains. — Elle avait l'air de monter vers Dieu,
les mains toutes pleines de bonnes œuvres !

Descendus dans la crypte de l'église. — L'avons vue d'abord avec un flambeau, — lueur tremblante, étoile perdue entre les entre-colonnements ; — belle ainsi, mais incomparablement plus belle à la lueur glauque du jour qui y rampe. — Les fenêtres sont *entendues* avec génie, pour que le jour y passe sur les plans inclinés et profonds au *fond* desquels ces fenêtres étroites sont encaissées, — lumière sépulcrale qui ressemble à l'aube du jour éternel. — La voix magnifique sous ces voûtes ; — nulle humidité, nul froid. — Sur la tête, le monde et son reflux qui éloigne ses bruits comme quand la mer se retire. — Ici, on comprend la vie des moines et leur mépris du soleil. — Au fond de la crypte, remarqué une inscription sur le mur. — Là, on a recueilli et scellé un tas d'ossements, il y a quelques années, — d'anciens ossements de religieuses ; — élégants squelettes, dissous, brisés, avec les débris desquels les petites filles des environs auraient joué aux *callouets** sur l'herbe du cimetière, si on ne les avait pas soustraits aux profanations de cette enfance, insouciante comme notre oubli. — Remontés au jour et dans les galeries de l'Hôtel-Dieu. — Regardé, par les arceaux, le préau, aux lignes *rectes* comme la conscience et la vie des êtres qui ont vécu ici, — borné par les gazons et les premiers arbres du parc où nous n'avons pas eu le temps de descendre. — Entrés dans la partie de l'église

* Normand. *Osselets.*

(en réparation) où l'on dit la messe. — Entr'ouvert le rideau de la grille du chœur, réservé aux Religieuses. — Vu le tombeau de la fondatrice Mathilde, la femme la plus grande du temps le plus grand. La pierre qui recouvre le tombeau n'est pas de l'époque, mais seulement la table de marbre blanc posée sur cette pierre, et qui porte l'épitaphe en caractères du onzième siècle. — Monument de la mort, trop saint pour n'avoir pas été violé ; il l'a été deux fois, par les protestants et leurs fils les révolutionnaires. — Tradition de sacrilèges que les générations qui passeront sur nos tombes ne laisseront pas périr ! — Des deux côtés du tombeau, placé au centre, sont des files de stalles en chêne noir pour les Religieuses qui, le dimanche, y chantent l'office. — Quand elles sont là, dans leurs vêtements de laine blanche, avec leurs voix claires, ce doit être un spectacle imposant et charmant que toutes ces femmes, — os blancs qui se tiennent joints encore et qui seront un jour, avec les autres, scellés dans quelque mur !

De l'*Abbaye-aux-Dames* allés à l'église *Saint-Gilles*, humble clocher qui regarde sa fière voisine l'Abbaye, comme une simple femme regarde sur les bords du chemin une princesse. — En y allant, avons aperçu au bout de la rue des Chanoines, faisant vue d'optique, les tours jumelles du vieux Saint-Étienne *(Abbaye-aux-Hommes)* voilées d'une brume qui les rendait plus belles, car

les voiles embellissent tout ce qu'ils cachent et
ce qu'ils révèlent : — femmes, horizons et monuments ! — Restés à regarder les tours, qui
voient venir et se briser le temps à leurs pieds
depuis huit siècles. — De *cette fois*, c'est tout ce
que je contemplerai de Saint-Étienne, où j'ai tant
écouté vêpres, — ce bel office catholique, — aux
approches de Noël, quand j'étais étudiant ; —
vêpres au jour tombant, par un ciel sombre qui
sied à cette architecture ! — Entrés à *Saint-Gilles*,
— accablés par la beauté des bas-côtés, — un
chef-d'œuvre de style, marqué, dit-on, pour la
destruction ; — on n'abat pas ici que les saules !
— Le Beau, sous toutes les formes, est désagréa-
ble aux économistes et aux bourgeois ; — c'est une
injure personnel'e ! — La lorgnette de ces gens-là
est une pièce de cent sous. Ils ne voient pas à travers. — C'est une question d'écus et d'économie
qui va *tuer* Saint-Gilles, dont les bas-côtés sont de
l'aspect le plus impressionnant et de l'art le plus
profondément chrétien, — une œuvre de géants
humbles ! — Nous sommes assis sur le banc des
pauvres, à droite, pour jouir du coup d'œil des
cintres abaissés, qui se creusent en s'abaissant
toujours plus dans la perspective. — Le domini-
cain *Piel* (nous a dit Trebutien), alors qu'il n'était
encore qu'architecte, était venu s'asseoir à la place
où nous étions et y passait des heures à prier et
à rêver, — jouissance d'artiste et apprentissage
de moine ! — Il est mort encore avant le monu-

ment, mais le monument va le suivre. — Excepté
nous, tant que nous serons debout ! qui gardera
trace de l'objet cause de la rêverie, de la rêverie
et du rêveur?...

Remontés en voiture. — Notre *cicérone*, M. Mancel, nous avait priés à déjeuner à *l'Hôtel d'Espagne*.
— Déjeuner savoureux et bon, — normand de
tout : de sentiments, d'hospitalité et de propos ; —
la pluie rayant les vitres au dehors et fouettant la
fenêtre. — Revenus dans l'après-midi chez M. Mancel. Revu une dernière fois la Vierge d'Hemling,
— étoile fixe dans mes admirations, toujours à la
même place de mon âme ! — M. Mancel, qui a
tous les genres de richesse, nous a fait feuilleter
un manuscrit du xvᵉ siècle, un missel splendide, à dégoûter de l'imprimerie, de nos gravures, de nos arts mesquins et prétentieux ! — J'ai
pensé à l'*Ange Blanc*, dont les mains mystiques
tourneraient si bien les feuillets de ce beau missel, et dont le front aux tempes de crucifiée,
quand elle relève ses cheveux comme j'aime, ferait si bien, penché sur ces chrétiennes images !
Le vélin du manuscrit renverrait son reflet au vélin du front et en doublerait la douceur pensive
et charmante. — M. Mancel nous a montré aussi un
recueil d'anciennes poésies qu'il faudrait réim-
primer avec une introduction. Voici le titre :
*RECVEIL des plus beaux Airs accompagnés de
Chansons à dancer, Ballets, Chansons folâstres et
Bachanales, autrement dites Vaudevires, non en-*

29

*cores imprimés... A CAEN. Che*ᵹ *Iaques Mange.int. M. DC. XV.*

Ce recueil ignoré comme une perle tombée dans la mer il y a deux siècles, renferme trois espèces de compositions : — des *chansons à danser*, — des *chansons à boire*, — et des *chansons à aimer*. — La perle a trois nuances. On ne sait pas quelle est la plus belle. On sait seulement celle qui plaît le plus. Les *chansons à aimer* sont des élégies pleines de charmes, où le sentiment de la femme, de la conscience qu'*elle a de sa grâce* ferait croire qu'une femme est l'auteur de ces chansons. Je les ai *remarquées* toutes, mais j'ai *marqué* celle-ci :

> *Il s'en va l'infidelle,*
> *Pour luy ie suis trop belle,*
> *Rien ne peut l'obliger.*
> *Le cheual qui le meine,*
> *N'a pas beaucoup de peine,*
> *D'vn fardeau si leger.*

> *Il s'en va, le coulpable,*
> *Pour n'estre point capable*
> *De ma ferme amitié :*
> *Et pense me desplaire,*
> *Mais toute ma colere*
> *Pour luy dément pitie.*

> *Comme vn barbare change*
> *L'or d'vn riuage estrange*
> *Au verre presenté :*
> *Il change, le volage,*

Non pour son auantage,
Mais pour la nouueauté.

Car la seule ignorance
Plus qu'vn [e] autre esperance
Le porte à ce mespris :
C'est ainsi qu'vn sauuage,
Des perles perd l'vsage,
Sans congnoistre le pris.

En quelque part qu'il aille,
Il n'aura qui me vaille,
Moy desia ie le fuy :
Et pour brauer ce braue,
Je n'auray point d'esclaue
Qui ne soit plus que luy.

Voix de femme d'un si charmant dépit et d'une si souriante mélancolie ! Est-ce étonnant pour un homme, un Normand, un fils de Pirate, de Bouvier, de *Chiquanou*, comme dirait Rabelais, de buveur de cidre, qui, à l'autre page, mêle l'enthousiasme du pot à la gravelure la plus jovialement audacieuse ?... Que de cordes au violon de ce vieux ou jeune ménétrier, qui est parti, comme tant d'artistes, sans avoir laissé que de délicieuses choses perdues !

Atteint la fin de la journée dans le petit musée de M. Mancel. — J'aime le jour mourant sur des tableaux et faisant de tous ces objets, vivants et nets à force d'art, d'incertains fantômes ! — Rentrés chez Trebutien, causé encore quelques instants, — mais T... était las de cette journée où les émotions nous sont tombées dans l'âme aussi *plein* et aussi *serré* que la pluie est tombée tout le jour. — L'ai quitté de bonne heure; — rôdé un instant sur la *place Royale*, — Royale de silence et d'abandon comme les Rois de ce temps, abandonnés par eux-mêmes les premiers, hélas! — Il ne pleuvait plus, mais le temps avait les yeux gonflés et les joues meurtries. — Ciel triste, — pavé luisant, — vent soupirant dans les tilleuls de la place comme s'ils n'étaient pas à la *Titus* et qu'ils eussent eu toute leur chevelure ! — Allé voir mon ancien favori le *Pont Saint-Jacques* par cette nuit. — La nuit va bien aux *défigurés*. — Me suis tourné du côté de la rue de *Bernières*, au centre du pont; — l'eau était noire comme l'eau d'une lagune, et sur sa surface de jais tremblait la lueur d'un reverbère agité par le vent, — étoile presque à hauteur de main au-dessus de ma tête. — Les saules des angles du pont s'encapuchonnaient dans leurs coins, comme des dormeurs fatigués, — pas un passant, ni sur le pont ni dans la rue; pas une fenêtre éclairée aux environs; tout humidité, noirceur, immobilité et silence. On n'entendait de temps en temps que le bruit sec de la bille d'ivoire frappant la bille, dans un café voisin. — J'ai été la *bille* de ce bruit qui m'a chassé, et je suis rentré à l'hôtel...

Mercredi, 8 octobre 56.

Éveillé à l'heure ordinaire. — Pris le café, — lu, — écrit, — habillé, — payé des notes; — allé chez Trebutien dont, par parenthèse, c'est demain le jour de naissance, — le jour *Saint-Denys*. Certes! Trebutien méritait mieux que personne de naître le jour de la fête d'un saint aussi francais et aussi historique que saint Denys. — Quel bon patron que celui-là pour un chrétien, un antiquaire, un poète par l'âme, un ami des vieux temps et surtout un contempteur des nouveaux! — Pourquoi Trebutien, né ce jour-là, n'a-t-il pas recu au baptême le nom de l'apôtre des Gaules? Comme ce nom lui siérait! Denys a porté dans ses mains sa tête coupée, et c'est un miracle; mais, sans miracle, Trebutien porte son cœur dans les siennes, son noble et triste cœur, *coupé* par la vie! — Ils disent, dans le fond de ma presqu'île (langage pieux qui a passé par-dessus des mœurs incrédules), un *Été Saint-Denys*, et cela signifie les avant-derniers beaux jours, car l'*Été Saint-Martin* vient encore après. Chose touchante et charmante d'avoir mis les derniers rayons de l'année sous le nom des deux saints qui ont fait les premiers rayons de la France! — Aujourd'hui donc, *veille de Saint-Denys*, le soleil soufflait d'une haleine de feu dans les nuages. — Il faisait très

chaud; — suis allé par le Cours et les ponts chez
le docteur Vatel, à qui je devais une visite. —
Selon ma coutume ici, n'ai rencontré personne que
les sottes figures — atomes de toute foule ! —
En tournant le pont qui *s'objecte* à la maison qu'habite Trebutien, sur la place Royale (n° 23), suis
resté frappé de l'aspect de cette maison, avec son
toit élevé, ses cheminées de haut parage et ses
lucarnes, gracieux ovales qui ressemblent à des
cadres vides, attendant leurs portraits. — Suis
tombé dans une troupe de buandières, blanches,
noires et babillardes comme des pies, qui lavaient
et battaient leur linge au bord du canal. — Une
d'elles a passé près de moi, impudente, effrontée,
presque ivre, les yeux ardents de l'eau-de-vie du
matin et d'une insolente volupté. — Ce n'était
pas une Nausicaa, mais une Érigone, que cette
bacchante du bord des eaux. — Pour peau de
tigre autour des flancs, elle avait son tablier *tord*,
qui ceignait et marquait ses hanches comme un
baudrier. Elle portait une masse de linges mouil-
lés, roulés en globe, sous un de ses magnifiques
bras ruisselants, aussi écarlates que ses lèvres,
moulées pour boire, non pas dans une coupe,
mais à la bonde même d'un tonneau. — Son dos,
qu'elle cambrait en se retournant pour regarder
narquoisement ses compagnes, fendait l'étoffe de
son *juste*, et elle riait d'un rire qui couvrait le
bruit des battoirs ! — Belle réalité à saisir, si l'on
avait eu des pinceaux tout prêts ou du marbre.

C'est une des *choses* — car c'était plus une *chose*
qu'une *personne*, cette femme, — les plus énergiques que j'aie vues ici. — Le Docteur était absent ;
— pour carte de visite, lui ai laissé un exem-
plaire de mes *Prophètes du Passé*, avec cette inscription, faite en défiance de ses opinions, qui ne
doivent pas être les miennes : *Il m'a montré les*
fous ; lui montrerai-je une sagesse ?

Allé aussi chez M. Bertrand. — Puis au *Cours la*
Reine une dernière fois, — immuablement, éternellement beau ! Resplendissant comme le manteau
de la verte Érin elle-même. En beauté de ver-
doyance, cette prairie découronnerait l'Irlande de
son diadème d'émeraudes. — Assis sur un banc
à regarder *cela*, que probablement je ne verrai
plus désormais que profané. — Ce qui restera de
verdure sous les *viaducs* des Vandales du Progrès
n'aura plus pour l'imagination attristée que la
couleur de l'absinthe. — Aperçu une Anglaise,
qui marchait comme un compas s'ouvre, droite,
longue, sèche, avec son *husband* probablement,
de la grande et incorruptible tradition anglaise ;
— plus deux femmes en châle turc à bord
d'or sur leur dos, — moins puissant et moins fier
que celui de ma lessivière au *juste* fendu par les
mouvements de son torse. — Voilà toute l'ornementation humaine de cette promenade, digne de
voir se promener le long de ses ormes des femmes de son nom, — des *Reines* de Beauté !

Rejoint Trebutien à la Bibliothèque ; — lu du

Segrais. — Un homme à qui la grande société de son temps a ôté le goût que j'aime, le goût du terroir, mais qui a toutes les grâces de convention de ce temps aimable. — Il a habité Caen. Trebutien m'a montré ce qui reste de sa maison rue de l'Engannerie. Les besoins de commodité moderne, la bassesse du *comfort* ont gâté cette maison à laquelle il reste encore quelque vestige de ce qu'elle fut. Le *comfort* et la division de la propriété territoriale, qui, dans un temps donné et prochain, doit faire de la race humaine une race de pouilleux, mettront bas les palais de Venise un de ces jours !

Dîné, Trebutien et moi, comme des hommes qui ne dîneront *plus* demain ensemble. — Par conséquent, savouré plus intimement cette jouissance intime. — Retournés chez Trebutien et causé le plus tard que nous avons pu, avec le sentiment des mourants qui veulent dire *cela* encore avant de se taire tout à fait. — Les départs, en effet, ne sont-ils pas tout ce qu'il y a de *plu près* de la mort ?... Parlé de M. Bouet, un artiste ami de Trebutien, que j'aurais été bien aise de connaître et qui est absent. — C'est lui qui m'a dessiné les ecussons de l'*Ange Blanc* avec tant de poésie, et cela l'a *écussonné* dans mon cœur. — J'eusse été heureux de le remercier.

C'est demain que je pars, — et quoique mon regret de quitter Trebutien soit profond et me rappelle amèrement que la vie n'est pas faite

comme je le voudrais, cependant je quitterai Caen
comme j'y suis revenu et comme je l'ai habité, sans
tristesse. Les souvenirs de quatre ans d'extrême
jeunesse qui sont restés empreints en moi pendant
tant d'années, n'y sont plus *empreints*. Toute empreinte est mordante. Quelque chose qui n'est pas
l'oubli et qui a fait monter mon âme plus haut, a
donné à ces souvenirs, longtemps pesants, la légèreté de la vie, ou de la mort, — car on ne
sait laquelle de ces deux poussières — la mort ou
la vie ! — pèse le moins?... Les ombres de l'Ély-
sée des Anciens étaient transparentes. De même
les ombres de cette jeunesse que j'ai appelées
autrefois les spectres de mon bonheur et qui
m'auraient rendu Caen si changé et si triste, pour
peu que j'y fusse revenu il y a seulement *cinq*
années ! Partout, à tous les coins, au tournant de
ses rues, à l'angle de ses places, dans ses églises,
j'eusse trouvé ces spectres embusqués. J'aurais
vécu parmi ces morts. Je n'aurais pas fait un seul
pas sans un cortège de fantômes. Je me serais
abreuvé de mélancolies... plus que de ce breuvage Normand dont j'ai tant bu, et qui vient
d'une fleur blanche et rose ! Au lieu de cela, j'ai
vécu ici impassible comme un homme qui voit son
passé dans son intelligence, mais qui ne l'a plus
dans son cœur. J'ai jeté des regards sereins sur les
pierres de cette ville qui me semblaient jadis les
escarboucles des contes de Fées, et qui ne sont
plus pour moi que des pierres, — encore gâtées

30

par des maçons ! Ils disent à Alep, avec poésie,
que l'Ange noir de la mort, Azraël, se promène
parfois par les rues et marque du bout de sa
lance les portes de ceux qui sont condamnés à
mourir. Un Ange aussi, visible pour moi seul, —
qui n'est pas noir, mais blanc plutôt, — s'est
promené avec moi dans les rues de Caen, et sur
ces murs gravés des pensées et des sentiments de
ma jeunesse, de son doigt de vie, a tout effacé !

Deuxième Memorandum

Il y a trois jours que je suis ici, — et je veux fixer les impressions que ce pays me donne. *Port-Vendres* est un petit port, au pied et dans les Pyrénées, car elles l'entourent de partout, ne laissant de vide que la passe qui conduit à la mer; — c'est un pays pauvre, doux et sauvage. La température y est tiède, quand elle n'y est pas très chaude. Dans le fond de cette crique, avec les montagnes qui nous cernent, qui renvoient la chaleur de leurs pentes au miroir des eaux qui la leur rend, on peut se croire à *infuser* dans une grande tasse de thé; — du moins, depuis que j'y suis, je sens ma personne *infusée.* — Les pulmoniques doivent boire cet air doux, qui à quelques kilomètres d'ici fait le miel de Narbonne, comme un lait supérieur à tous les laitages animaux.

Il est cependant des moments où sur *cette*

tasse de thé brûlant passent des vents de Nord-
Est qui prennent les nerfs comme des pinces et
portent, littéralement, *à la tête*. On se rappelle les
vers de ce poète faux, qui, pour cette fois, a eu
la sensation *juste :*

> *Le vent qui vient à travers la montagne*
> *Me rendra fou !*

C'est bien cela.

Orienté. — Il faut s'*apprivoiser* à un pays pour
lui trouver sa physionomie vraie. Quand on se
presse de le juger, d'après le soufflet de la première impression (car toute première impression
est un soufflet à quelque chose en nous qui ne
s'y attendait pas), on ne dit rien d'assuré et
d'exact. Il faut faire ses yeux à ce qu'on voit,
comme quand on s'éveille. C'est s'éveiller du *sommeil de ce qu'on connaît*, que de voir un pays
nouveau !

Hier, nous sommes allés à *Collioure*, — un
village comme *Port-Vendres*, jeté entre des montagnes, la mer en face, ou plutôt de côté ; — le
faubourg seul de *Collioure* regarde la mer, car le
village qu'ils appellent la ville est fortifié de tous
les côtés. — Bourgade Moyen Age, *trou de Juifs*,
a dit, je crois, l'*Ange Blanc*, qui démêle si bien
et si vite les physionomies. — C'est à croire, en
effet, que les Juifs les plus infects du XIIIe siècle
vont sortir de ces rues étroites, tortueuses, puan-

tes et sinistrement immondes. C'est *Narbonne*
laid et encanaillé, — mais cette laideur et cet
encanaillement a le caractère du Moyen Age :
c'est affreux, mais non vulgaire ; cette chose pire
que l'affreux. — Les femmes en loques et mons-
trueuses, hermaphrodites de force, de grossièreté, de travail (les hommes ici sont très oisifs,
ils regardent la mer et les routes, assis sur le
parapet des ponts, où ils fument ; les femmes
seules travaillent comme des bêtes de somme).
— N'ai pas vu un seul visage ayant face ou profil humain ; — les femmes portent parfois la
veste de matelot par-dessus leurs jupes, comme
si toute différence entre l'homme et la femme
devait s'effacer ; la jupe seule reste encore. Dis-
paraîtra-t-elle un de ces jours?... Il faut envoyer
à *Collioure* tous les *bas-bleus* qui veulent l'égalité
entre l'homme et la femme, pour les dégoûter
de leur doctrine. Il faut frotter le nez de leurs
prétentions dans cette ordure comme on le
frotte au chat pour l'empêcher de faire les
siennes quelque part.

L'église de *Collioure* est, comme toutes les
Églises de ces pays qui bordent l'Espagne, d'un
grand sentiment religieux. L'ai vue mal, très vite,
et pendant un enterrement (l'enterrement d'un
enfant) que je ne voulais pas troubler, mais j'y
reviendrai. *Aperçu* des statues qui furent dorées,
mais dont on ne voit plus que le bois et qui m'ont
paru d'un beau geste et d'une belle expression ;

— tout cela ancien. — La mère des *Sept Dou-leurs*, la *Noire*, est ici, comme en Espagne, le culte favori, et sa chapelle la plus honorée. — L'odeur des rues de *Collioure* est effroyable, c'est l'odeur des entrailles vidées et pourries du poisson que mangent ces populations ichtyophages. J'au-rais cru que de telles odeurs pouvaient engendrer et *entretenir* une splendide peste dans la contrée, mais non. Il n'y a à *Collioure* ni fièvres putrides, ni typhus, et on vit là-dedans comme dans du baume. Cela tient-il au phosphore dont le pois-son est saturé?... — La Nature magnifique et indifférente sur toutes ces immondices de la pau-vreté et de la saleté. Les grenades pendent sur le chemin poudreux. Les citronniers viennent en pleine terre et les lauriers-roses de ces eaux croupies sont aussi beaux que ceux des bords de l'*Eurotas*. — Ironie douce de la Nature! Elle apprend à l'homme combien il est petit.

Revenu par une route qui rappelle celles de l'Espagne, mais moins belle, moins *faisant bal-con*, se tordant moins de fois autour de la mon-tagne. C'est déjà un mal que quelque chose de grand vous rappelle quelque chose de petit, mais qu'est-ce donc quand quelque chose de petit vous rappelle quelque chose de grand?... Ah! j'en suis toujours à l'opinion que j'avais l'année dernière, à pareille époque, à Saint-Jean-de-Luz et en Bis-caye, et qui est, je le crains bien, le résumé *fixe* des impressions de toute ma vie : la Création est

bien plus monotone que variée. Dieu est un grand
poète monocorde. Ce qu'on voit vous rappelle
toujours quelque chose qu'on connaît, et ce n'é-
tait jamais la peine de sortir de la fameuse
chambre de Pascal. — Tout vient (dit-il de la
gloire, des conquêtes et des plus grandes choses
du monde,) de ce qu'on n'a pas la sagesse de
rester dans sa chambre, — et les voyages lui
donnent aussi raison.

Cet axiome désolant que Platon justifierait dans
son système des *réminiscences*, — que *ce qu'on voit
vous rappelle toujours quelque chose de connu*, —
a trouvé pour moi son application dimanche dernier, à une fête dans la montagne où j'étais
allé pour voir du *Catalan* pur, costumes, danses,
mœurs et types. C'était une fête religieuse et
dansante, une espèce de pèlerinage à *Notre-
Dame de Consolation*. (Ils disent *Consolation*,
à *Consolation*, et c'est assez gracieux et mélancolique.) On y vient de tous les villages d'alen-
tour. Je m'étais laissé dire que c'était une fête
nationale et nationale est bien le mot, car la
Révolution Française qui a inventé cette exécrable
épithète, a tué les provincialités au profit de la
nationalité, c'est-à-dire de l'unité, de l'uniformité,
du *conte répété cent fois* de Shakespeare, comme
il dit de la vie quand il veut en peindre l'ennui
et l'insulter! Lui aussi devait le sentir!... J'ai
donc trouvé les costumes et les danses *nationales*
des environs de Paris et de partout, mais de

31

Catalan... rien! que quelques bonnets rouges sur quelques vieilles têtes grises, qui emporteront dans la tombe ce pauvre bonnet, — tout ce qui reste d'autrefois! — Ce bonnet rouge n'est ni le béret basque, ni le béret gascon, c'est un bonnet qui ressemble à un bas dont le pied *chausserait* la tête et dont la jambe pend sur l'épaule. — Je me rappelle (toujours le coup d'escopette du Souvenir, embusqué derrière toute impression présente) que dans les Moissonneurs de *Léopold Robert* il y a un bonnet à peu près semblable sur la tête d'un pâtre Italien. Donc ressemblance, donc, etc...!

Mais ce n'est pas tout. Les costumes s'en vont, et les danses, et les mœurs, et les langages; mais l'homme, *l'animal homme*, *l'homme-race*, qui s'en va aussi, hélas! met plus longtemps à s'en aller. Eh bien, le type ici ressemble au type de toutes ces contrées du Midi et il ne surprend pas en se marquant d'un caractère de plus que le caractère connu, *lieu commun* et *poncif*. Les femmes, j'en ai vu *deux* ou *trois* d'assez belles, ne sont point du tout des Catalanes, des filles du Midi comme on se les figure, pour le type, mais, le croira-t on? des Flamandes. La Nature plaisante-t-elle ou réellement a-t-elle l'esprit sec et rabâcheur? Elle fait des Flamandes sur la pente brûlée et brûlante des Pyrénées! On cherche des chèvres ardentes, maigres, souples, sauteuses, nerveuses, amoureuses, et on trouve des vaches calmes, à l'œil

énorme et lent, au muffle blanc, au front tranquille, à l'air très chaste, dont la chasteté est
redoublée par un petit bonnet serrant la tête,
garni d'une espèce de guipure qui ressemble à
une bandelette transparente. Ce bonnet, simple
comme un bonnet de nuit de petite fille, est si
strictement appliqué sur la tête que toute tête
paraît petite dessous. Où êtes-vous, chignon
abondant, rutilant et lustré de mes Norman-
des? Une femme sans chignon a perdu son
cimier.

Mettez ces femmes-là derrière un rouet et
appelez-les *Nanon*, et vous aurez leur encadrure
et une harmonie. Ce sont des fileuses, des *Ména-
gères*, des êtres bons, propres et sages, le genre
de femmes qui convient peut-être le mieux à
l'homme, pour la *consuetudinem vitæ*, comme dit
le Droit Romain, — comme le lait est peut-être
aussi, de même que l'eau des sources, son meilleur
breuvage, — mais j'aime mieux le vin!

Aujourd'hui 16, — levé de bonne heure. —
Sommes allés au *Phare;* — temps clair, mer
claire, bleu clair partout; — mais si j'ai retrouvé
de là la plaine liquide que j'aime, comme *eau* et
comme *plaine*, il n'y avait pas de vagues. — Une
plaine sans moutons bondissants! — Monotonie!
monotonie! Mais l'âme prend enfin cet équilibre immobile qui doit être la vie dans un
pareil pays, quand on est obligé d'y rester! Deux
voiles à l'horizon, pour tout mouvement, — et

elles ne bougeaient pas. Tout semblait dormir dans la lumière du matin, et on ne pouvait pas dire :

Voiles ! Grâce des Eaux qui fuyez sur la mer !

Il n'y avait que le temps qui fuyait. Pour la création, elle semblait prise, non comme l'insecte dans une goutte d'ambre, mais dans une goutte de cristal.

Revenus, — *brisés* par une chaleur *sans brises.* — Déjeuné, — dormi, — lu du *Lord Byron,* — les quatre premiers chants de *Childe Harold.* — Le côté commun de Byron (si on peut employer un tel mot en parlant de Byron), c'est qu'il est *touriste.* Un plus grand poëte encore que lui n'aurait pas, je crois, été si esclave des choses extérieures et si admirateur de la Nature. — Mais alors, quel poëte c'eût été !

Fait diverses choses, — écrit à Paris pour des livres, — puis lu ma Bible le reste du jour. — Dîné, — fait un tour sur le quai avec M..., mais rentrés, vaincus par une chaleur orageuse, digne de juillet, — et nous sommes en septembre ! Je comprends l'air paresseux des hommes dans cette atmosphère. Même quand ils élèvent des poids à bord de leurs vaisseaux, quand ils tendent la voile et font tomber l'ancre, ils ont l'air paresseux. Golfe de Naples dans une soucoupe, qui a aussi ses lazzaroni de quatre sous !

Le 17 septembre.

Levé à six heures et demie. J'habite l'extrémité de ce golfe-vignette qui ressemble assez bien à un lac et à une vue d'Écosse (ô ressemblance, oiseau moqueur!), et le soleil se lève *de derrière* la montagne devant ma fenêtre. Son premier rayon atteint le mur blanc, à la chaux, de ma chambre, avant de luire sur la surface de la mer, — *gris plomb* le matin et aussi immobile que du plomb fondu. Plus tard, à mesure que la journée avance, elle change de couleur et monte la gamme des *bleus*... Vers midi, elle est *saphiréenne*, mais s'arrête au vert, qu'elle n'a pas encore franchi une seule fois depuis que je suis ici... Un remous, mais ni vagues ni écumes, — pas même au large, en dehors de la passe, — une mer presque blanche à l'horizon, tant le bleu, sous le soleil, en paraît clair! — Moi, né dans la furie des vagues de la Manche, verte comme un herbage, quand elle est tranquille, entre deux colères, je n'aime point cette mer d'huile d'olive qui baigne la terre des oliviers. Singulière chose *que je savais exister pour les autres*, mais singulière pour moi, qui sens si peu comme les autres et qui ai une âme à *part* pour tant d'impressions! tout ce que je vois me retourne le cœur vers

cette patrie qu'enfant j'aspirais à quitter avec
une impatience fébrile. Le lotus dont ils parlent
et qui fait oublier le pays est le cytise des licor-
nes... Je n'y crois pas.

Écrivaillé, — ce supplice! — Déjeuné. — Le
temps à l'orage, mais à l'orage qui n'éclate
pas. Les nuées entourent parfois les cimes des
montagnes comme un collier, mais toutes ces
caresses sont inutiles, la montagne leur dénoue
les bras et les rejette. — On appelait autrefois
les Rois : *mangeurs de présents*, δωροφαγι, dit
Hésiode ; — on pourrait appeler les montagnes :
mangeuses de nuages, car elles ont vraiment l'air
de les dévorer. Un nuage les entoure. On
tourne la tête... il n'y est plus! C'est une disper-
sion tellement rapide que l'on dirait une absorption comme celle de l'eau par l'éponge. C'est
vraiment prestigieux!

Travaillé, — fini et envoyé ma préface de la
seconde édition de *L'Ensorcelée*. — Lu, — diné,
— mais, le soir, les chaleurs sont tellement acca-
blantes qu'on n'est capable que de dormir. —
Cependant, sommes allés nous asseoir au *banc
du second Phare* pour voir la mer et rêver à son
bruit. Elle avait l'air perfide dans son calme. —
Pas de vagues plus qu'à l'ordinaire! mais *ils disent*
qu'il ne faut pas se fier à ses douceurs. — Il
paraît que les vagues sans écumes qui la sillonnent
ne déferlent pas les unes sur les autres, mais
s'enroulent; — au lieu de *faire lame*, elles *font*

rotation. — Avons trouvé, faisant son *quart* de service, l'un des gardes du Phare et pilote du port, vieux loup de mer, à qui nous avons parlé de ses navigations. — J'aime ces sortes d'hommes, tout action et expérience, ces vieux goëlands, déplumés par la tempête, et qui lui ont résisté ; — il y a toujours à apprendre avec eux. — La mer et le ciel étaient gris ; de la brume, déchirée ici et là, et le pilote, gris foncé dans l'air gris moins dense, ressemblait au spectre de la plate-forme d'Elseneur. — Rentré le long du quai ; — pensé au *quai des Esclavons,* à *Venise.* Pourquoi ? — Qui peut dire les *joints* de la Rêverie, — mystérieuses articulations !

Samedi 18.

.   .   .   .

Dimanche 19.

Rien noté hier ; — la torpeur brûlante de ce *fond de tasse de thé* dissout l'esprit et noie son énergie. — On passe le temps les yeux sur le golfe, à suivre quelque pavillon qui entre ou sort sur cette mer languissante, et c'est tout, et le soir vient ! et l'on se trouve plus vieux d'un jour !

Aujourd'hui, levé à six heures et demie, — habillé, lu les journaux, — allé à la messe à huit heures. — L'église de Port-Vendres est une pauvre petite église de marins et de pêcheurs, très sombre, avec un autel sur lequel la lumière tombe, tamisée par des draperies roses. — C'est l'image de la vie, noire presque partout et quelquefois rose à *une* place. — Rentré, — déjeuné. — Le soleil brûlant et pour la première fois la mer indigo, avec de l'écume contre le môle; mais seulement là et sur un ou deux brisans. — Nous sommes allés, l'*Ange Blanc*, M. et R. et moi, nous *encastrer* entre deux roches et nous nous sommes saoûlé les yeux, sans pouvoir les rassasier, de ce spectacle de la mer, la seule chose physique qui n'ennuie pas et dont l'homme ne puisse se blaser.

Le temps a tourné à l'orage et au vent qu'ils appellent ici : vent *debout*. — Ce vent, qui empêche d'aborder en Espagne, a emporté notre projet d'aller, par mer, à Barcelone. — Nous avions arrêté notre passage sur une balancelle à voiles, mais *ces Dames* ont eu peur de relâcher dans quelque anse de la côte, bloqués indéfiniment par ce diable de vent qui joue souvent de ces tours aux meilleurs voiliers, et nous avons pris le parti d'aller à Barcelone par terre, si nous y allons. — Malgré le vent et les flots de poussière, partis pour *Collioure*, à pied. — Route toujours charmante, à la *troisième* comme à la *première* impression; — d'un côté, les montagnes vertes et rousses; de l'autre, la mer bleuâtre ou bleue. — A un coin, la tour de l'Église de *Collioure,* du XIII° siècle, construction plus guerrière que religieuse, s'élève sur une langue de terre dans la mer; et en face, sur un rocher que la mer couvre parfois, aux *grands pleins,* une chapelle, grande comme la *broche* d'une femme. — *Collioure,* qui est à moitié fortifié encore, se groupe derrière cette tour avec un air presque féodal, et les éternelles montagnes surplombent le tout. Décidément, je hais les montagnes. Suis-je parent des Titans sur lesquels elles ont été jetées? Mais elles pèsent sur mon cœur et elles étouffent quelque chose en moi.

Allés à l'église, — on chantait la fin des vêpres. — On descend dans l'Église de *Collioure* de quelques marches et j'aime ce mouvement. — L'édifice est plus bas que la mer qui y chante parfois plus haut que ses prêtres. — Tout cela d'une sombre et mâle expression. — L'Église est tout à la fois *luxe et misère.* Elle ressemble à ces Polonais qui vinrent au mariage de Marie de Gonzague, sous Louis XIII, lesquels avaient des diamants, des fourrures, et pas de chemises; — es diamants de l'église de *Collioure* sont des ornements, des croix et des bourdons, héritages de quelques monastères voisins sur lesquels les prêtres desservant l'Église, ignorants de tout, excepté de leur bréviaire, n'ont pu nous donner

aucun renseignement. Il y a deux croix (toutes les
deux de la Renaissance) très ouvragées, très ornées
et *tapissées* (l'une d'elles) de statuettes d'un travail très fin. *Celle-là* est d'argent massif. Les
bourdons ou *bâtons de pélerin* sont en argent
aussi et dans le même sentiment d'art que la
grande croix. C'est tellement beau qu'on peut
croire ces croix et ces bourdons l'offrande de
quelque Reine à quelque abbaye des environs.
On dit que ces richesses, dont les prêtres actuels
de *Collioure* ne savent pas tout le prix, ont été,
pendant la Révolution, portées en Espagne par
des mains chrétiennes, et après la Révolution
rapportées en France par les mêmes mains.

Visité l'église, au jour tombant. — Les statues
du maître-autel aussi belles qu'elles m'avaient
paru la première fois, mais le jour mourant y
jetait des draperies d'ombres que l'œil ni la
main ne pouvaient lever. — Mieux vu les chapel-
les latérales, la lumière y étant moins morte; —
très espagnoles de guillochures, d'or et d'ornementation barbare. — Il y a *entr'autres* la chapelle de *Saint Vincent de Collioure*, martyr du
IIIe siècle, sous la persécution de Dacien, qui
ressemble à la chapelle de quelque idole chinoise.
— Cela extravague de goût et d'ornementation
dépravée, les couleurs jouant la *laque* jusqu'à
l'illusion ! Curieuse cependant, cette chapelle,
dont le Saint a l'air d'un mandarin, halluciné à
force d'opium. — A trois pas de là, et comme

contraste, la chapelle de Sainte Lucie, dont la
statue m'a semblé un véritable chef-d'œuvre. —
La Sainte est debout, dans une attitude pleine de
noblesse, la tête un peu en arrière et d'une figure
charmante ; — la tunique a des plis magnifiques.
On sent la vie des genoux à travers.

Montés jusqu'au pied de la vieille tour. — Y
avons trouvé avec son fils et sa belle-fille une
femme qui s'harmonisait bien avec la vieillesse
du monument. C'était une pauvre vieille de *qua-*
tre-vingt-quatorze ans. Figure blanche dans une
cape blanche, rabattue sur son front et qu'elle
avait fixée contre le vent par un mouchoir bleu,
noué sous son menton. — C'est *juste* la coiffure
d'Hermangarde dans ma *Vieille Maîtresse*, quand
elle est à la recherche de son mari sur la grève
de Carteret. — L'Hermangarde séculaire de la tour
de *Collioure* ne cherchait plus rien. Son fils la priait
de venir finir sa vie chez lui. « A quoi bon pour
« vingt jours? » répondait-elle. — Longue figure,
dulcifiée par une vieillesse qui a assez de tout et
qui a le calme de cet oreiller de la mort sur lequel elle va s'endormir. Ses yeux n'y voyaient
plus. Larges prunelles grises qui ne recevaient
ni ne donnaient la lumière. Elle apprenait ainsi
les ténèbres dans lesquelles elle allait descendre.
Lampe blanchissante avant d'expirer elle jetait
encore un peu de tendresse. La manière dont ses
vieilles mains, dépouillées et rugueuses comme
des griffes, caressaient le bras de son fils tout en

refusant de le suivre, avait l'expression qui manquait à ses yeux éteints.

Revenus par un vent furieux. — Dîné. — Causerie avec l'*Ange Blanc*, que son frère du sommeil (l'*Ange du sommeil*) couvre de ses ailes trop vite pour moi qui la quitterai dans quelques jours. — Lu du *Dickens*, — *Nicolas Nickleby*. — Je veux faire une étude sur *Dickens* et je n'en connais encore que cent pages. Mais je prétends que si *cent pages* ne donnent pas le *talent* d'un homme, elles donnent son *esprit*, et l'esprit de *Dickens* m'est odieux. — C'est une espèce d'ironie qui vulgarise tout, une manière plate de regarder les choses. Ce n'est ni son genre d'observation, ni ses conceptions, ni son drame, ni ses personnages qui me déplaisent, c'est son esprit, à lui ; ce n'est pas l'ouvrage, c'est l'auteur. L'*Ange Blanc* me reproche un *parti pris ;* — l'*Ange* se *trompe parce qu'elle craint que je ne me trompe.* Je me laisserai fort bien prendre et pétrir par le talent de *Dickens*, s'il en a, mais eût-il du génie comme romancier, il ne m'en serait pas moins insupportable en son propre et son privé nom.

Lundi 20.

Levé avant le jour pour une expédition dans la montagne à un village nommé *Cospron*. — C'est presque un nom grec ! — Écrivez-le sins i

et tout le monde s'y méprendra : Κοσπρον. —
Déjeuné chez des paysans dont la chaumière est
dans le fond d'un ravin, au *confluent* de trois
montagnes ; — sur l'une est l'Église de *Cospron*,
— plus pauvre encore que celle de *Port-Vendres*,
— une chapelle, mais propre comme une cuiller de
bois nettoyée. — Sur l'autel, un *Christ* en bois,
mal sculpté, gris-bleu de *ton*, et qui fut doré autrefois, avec la très ridicule et indécente jaquette
blanche que les Espagnols donnent à leurs Christs.
— Ce Christ est fort célèbre et très honoré dans
la contrée. — C'est une tradition, qu'en revenant
du Mexique, après l'expédition de Fernand Cortez,
un vaisseau qui portait deux Christs, destinés à
Jérusalem, fut battu d'une horrible tempête et
que le capitaine fit le vœu de donner un de ces
Christs à l'Église de la première terre sur laquelle
il pourrait aborder. Or, il n'y avait pas d'Église
sur la terre qu'il toucha aux pieds des montagnes
de *Cospron*. Pressé de remettre à la voile, il en-
terra le Christ là où son vaisseau avait touché.
Longtemps après, un bœuf fouilla l'endroit avec
sa corne et on trouva le Christ, qui fut porté à
la chapelle de *Cospron* et qui y est l'objet d'une
dévotion particulière.

Erré dans un bois et dans des champs de vigne,
en proie à un soleil ardent, mais ne ressentant pas
l'abominable et énervante chaleur dans laquelle
on est infusé au fond de cette *tasse de Port-Vendres*. — *Port-Vendres* veut dire *Portus-Veneris*,

Port de Vénus, et cependant je ne crois pas que cette chaleur, qui vous coule de si étranges mollesses dans tout votre être, soit très favorable à l'amour. Il est vrai que *Port* signifie un abri, un refuge, et que dans un port, on ne navigue plus! — Peut-être est-ce pour cela, du reste, que les femmes ont ici si peu de coquetterie. Elles ne font pas la moindre attention à la manière dont on les regarde, et cela sans superbe et sans hypocrisie, mais naturellement. — Elles n'y pensent pas !

Revenu très tard de *Cospron*, après des marches forcées. — En descendant les rampes des montagnes, nous avons laissé le vent du soir derrière nous et nous avons retrouvé le *bain-marie* de *Port-Vendres*, cette chaleur qui amollit comme Capoue et qui n'en a pas les délices. — Dîné. — Essayé de lire, — mais tué de fatigue et de température, je me suis mis au lit, appelant la pluie et l'orage, mais c'est la chanson d'Hégésippe :

L'oiseau que j'attends ne vient pas !

Mardi 21.

Nous avons appris hier la mort du docteur Rocaché, un des hommes de France peut-être le plus excellent dans son art. — Je l'ai connu en A..., où il vivait depuis cinquante ans, sans plus

se soucier des capitales et de la gloire, pour lesquelles il était fait, que s'il avait été sans génie,
qui est toujours (le génie), plus ou moins, une
ambition. — Il était de l'École de Montpellier,
autrefois si fameuse, et il avait connu *Barthèz*. —
C'était un vrai et grand médecin. — Médecin
avant tout, tandis qu'il y a tant de gens (et même
de beaucoup de talent) qui, avant d'être médecins, sont physiologistes, anatomistes, vitalistes,
etc., etc. — Il ne faisait pas de livres, — trop
grand praticien pour cela, et par la raison qu'étant
toujours sur la brèche, c'est-à-dire au lit du malade, il n'avait pas le temps de *faire des phrases*
pour le public ou les Instituts, qui sont aussi des
publics. — D'ailleurs, l'âme de cet homme était
logée là où les autres âmes ne pénètrent pas. Il
est impossible de dire à personne quel motif,
passion, sentiment ou manie, l'avait, tout jeune,
fixé dans ce désert des *Landes* qu'il n'a jamais
quitté. — On l'appelait le *Médecin des Landes*. —
Peut-être n'était-il que médecin, et ne jouissait-il
que par la *vocation satisfaite?*-Or, il y avait des
malades dans les *Landes* comme partout, et c'était
assez pour intéresser sa vie et pour ne la déplacer
jamais.

Il est mort à plus de quatre-vingts ans et on
peut dire de lui qu'il a vécu par la force de son
génie et par la perpétuelle surveillance de lui-
même ; car il était né faible, petit, délicat comme
la plus délicate des femmes, et il a passé soixante

ans peut-être à cheval, par tous les mauvais
chemins des *Landes* et les mauvais temps, et la
nuit et le jour ! — La vie du médecin de campa-
gne est pire en fatigue que celle d'un officier de
cavalerie ou d'un postillon. — Quand je l'ai connu,
il n'avait plus qu'un souffle, mais jamais le plus
habile flûtiste n'a conduit son haleine dans son
instrument comme lui conduisait son souffle de
vie. Je l'appelais le docteur *Pneuma*. Les Grecs
croyaient que l'âme était un souffle, mais moi, je
crois que le souffle de mon docteur *Pneuma* était
une âme, une âme pleine d'impersonnalité, de
patience et de sagesse. Il était né violent, à force
de nerfs, *éolien* d'impression par sa délicatesse
de femme (il devait ressembler à sa mère), mais
quelle colophane il avait passé sur ses *chanterelles*
nerveuses pour les adoucir jusqu'à la plus étonnante suavité ! On dit qu'il avait aimé les femmes
longtemps et que les jupons rouges des Landes,
qui sont les jupes de dessous, le connaissaient
aussi bien que les jupons noirs, mais je ne croirai
jamais au libertinage dans un pareil homme. —
Le libertinage de l'abeille qui cueille les fleurs,
— voilà tout ! — Il a butiné ici et là quand son
souffle avait l'ardeur de toute jeunesse, et puis,
le souffle s'est détiédi et il a fini par devenir pur,
quoique curieux et vif encore peut-être, — des
indiscrétions de Zéphyr ! — Tout cela très *modulé*
comme toute sa vie, à cet homme qui savait ce
que c'est que les sensations.

S'il n'avait pas été spiritualiste, il aurait été le plus habile et le plus profond des Épicuriens, mais il était spiritualiste, et c'est même le spiritualisme qui l'a rendu, en ces derniers temps, au christianisme, dont ses études spéciales, sa vie occupée, et les influences humaines qui nous passent sur la tête à tous, l'avaient un peu et longtemps écarté. Il avait traversé une époque effroyable pour l'impiété et le *mauvais ton dans l'impiété*, l'époque du Directoire et de l'Empire, cet arrière-faix de la philosophie du XVIIIᵉ siècle, mais il était dans les Landes et *à ses malades* avec la spiritualité de l'École de Montpellier autour du cerveau, et il échappa aux doctrines qui pourrissaient tout alors dans les sciences naturelles et physiques ; aussi quand, plus tard, la réaction se fit, se trouva-t-il de niveau avec la réaction. Il lisait *Tessier* et y prenait grand goût. D'ailleurs, très au courant de la *littérature de sa science*, et, quoiqu'au fond des Landes et dans la bourgade la plus prosaïque, la plus plate et la plus ignorante, suivant, de cet œil lucide qu'il avait dans l'esprit comme dans le visage, les observations et les progrès de la médecine générale en Europe et dans le monde ; et il la jugeait d'autant plus haut qu'il ne tenait à rien, ni par les relations ni par les Académies, et qu'il ne voyait que la vérité.

Les services qu'il a rendus, l'imposante réputation qu'il avait, depuis Bordeaux jusqu'aux Pyrénées, le respect de sa science parmi les hommes

33

qui la cultivent, tout cela était grand, et le souvenir s'en gardera longtemps, malgré la précipi-
tation avec laquelle l'homme se porte à l'oubli et
à l'ingratitude. Mais, hélas! il n'appartiendra pas
à la grande Histoire, et dans un siècle, par exemple, qui saura qu'un homme supérieur comme lui,
— un grand médecin digne des plus grandes épo-
ques, — aura existé?... Nul ne le saura. — Mort
tout entier comme ces hommes qui portent tout
dans leur tête et l'emportent, sans avoir jamais
déposé, dans un livre ou un commentaire, le far-
deau de leur supériorité!

Quand je l'ai connu, c'était un petit vieillard
pâle, mince à se rompre, dont le corps flottait
dans une longue redingote bleue, — les man-
ches, très larges, et à parements à *bottes*, comme
on disait autrefois, laissaient passer deux petites
mains, d'un blanc nacré, et azuré par les veines,
très spirituelles, très fines, très *artistiques*, comme
dirait le capitaine d'*Arpentigny*, notre grand chi-
romancien, des mains d'un toucher presque
incorporel, faites, de toute éternité, pour palper
l'infirmité et la souffrance et interroger les frêles
balanciers de la vie. — Le corps, à l'œil, n'existait pas, il ne se révélait que par ces mains qui
devaient se *fondre* dans l'accouchement pour tenir
moins de place et *subtiliser* (belle expression du
peuple) le secret des artères. Le visage, qui avait
été très beau (d'une beauté tout à la fois sagace
et placide), était long et mince, avec un nez

d'une finesse et d'un mouvement de narines qui, seul, l'aurait fait nommer le Docteur *Pneuma*, quand l'être tout entier de cet homme, fragile et puissant, n'aurait pas eu la diaphanéité d'un souffle. Ordinairement coiffé d'un bonnet de soie noire par-dessus un bonnet de coton, lequel laissait échapper vers la tempe une mèche de cheveux, luisants et purs comme l'argent, il ressemblait à quelque alchimiste occupé de choses surnaturelles, et comme tous les hommes d'une physionomie très noble qui transmuent les choses en les portant, il donnait je ne sais quelle noblesse à ce bonnet de soie noire, si grotesque sur les têtes communes. Pour mon compte, je n'aurais pas plus respecté la calotte du *Grand Corneille* que ce bonnet noir!

Le visage, d'un blanc de porcelaine, aigu dans l'en bas comme celui des êtres plus intelligents que passionnés, s'élargissait dans l'en haut, et un front étoffé et dont on sentait la voûte largement développée sous les deux bords des deux bonnets, couronnait bien ce visage, âme et esprit bien plus que chair. — Il était sillonné de ces espèces de rides qu'on appelle les *marches du palais* et qui sont les rides ordinaires des esprits droits, le sillage de la vie sans bouleversements et sans tempêtes! — Les yeux, pleins de lumière et très doux, étaient ceux d'un *voyant* inaltérable. C'étaient de ces yeux dont la couleur disparaît dans l'expression, comme les traits du visage peuvent dis-

paraître dans la physionomie. — Mais le trait ca-
ractéristique du docteur Rocaché était la bouche,
fine comme tout le reste de sa personne, et dé-
meublée par le Temps qui n'y avait laissé qu'une
grande palette blanche, laquelle y brillait dans un
charmant rire silencieux, plus spirituel cent fois
que s'il avait été sonore ! — Ce rire, sans vibration, et pour les yeux, — qui rappelait le rire du
Bas de Cuir de *Cooper*, appuyé sur son fusil de
chasse, mais qui s'idéalisait sur les lèvres de cette
créature transcendante, — donnait à mon docteur *Pneuma* quelque chose de mystérieux, de
solennel, et d'étrangement comique tout à la fois.
Évidemment, il avait pris l'habitude de ce rire au
lit des malades, dans ces chambres où tout bruit
doit s'éteindre, où l'on marche sur la pointe du
pied et où l'on parle bas. — Le Docteur *riait bas*.
Dans l'instantanéité du rire (tout ce qui semble
le plus involontaire), cet homme, de vocation si
spéciale, se retrouvait médecin !

Je ne crois pas que pour un romancier qui voudrait peindre avec les nuances les plus *décompo-
sées* la médecine, le génie médical incarné dans
un homme, on pût trouver un type plus riche,
plus *varié*, plus *un*, et plus complet.

Aujourd'hui, temps orageux, chaleur sous nue.
— Impossibilité de sortir. — Journée *at home*.
— La Rêverie ici est plus qu'ailleurs l'ennemie
du travail. — Savez-vous les grands évènements
de la journée?... Une barque qui traverse cette

mer-lac que j'ai sous mes fenêtres et les diffé-
rentes nuances des eaux. — Aujourd'hui, vers
midi, nous avons eu un spectacle inattendu et
féerique, — un mirage du Danemark ou de Nor-
vège. Une brume a tout à coup voilé les montagnes ; elles se sont fondues dans cette estompe
d'opale, et la mer, devenue de la couleur des
perles, nous a fait l'effet d'un vaste *fiord* perdu
dans une perspective vaporeuse. — Ah ! le Nord !
le Nord ! que le Midi me semble chétif en comparaison et que la Nature du Nord est supérieure. Est-ce là une illusion de lointain que la
réalité devra détruire?... Dans le Midi, ce qui me
frappe, pour les choses comme pour les personnes,
c'est le manque absolu de *distinction*.

Mercredi.

Toujours la même chaleur accablante, qui ne
tient pas au soleil, mais aux réverbérations de la
mer et des trois pentes de montagnes qui l'enca-
drent et font du golfe un triangle d'eau. — Le
vent, espèce de mistral (nous ne sommes qu'à
quelques *stations* de *Marseille*), passe sur la sueur
sans la sécher et semble lécher les nerfs avec une
langue de tigre ; — à moitié journée, on n'en
peut plus. Le siroco est un velours, en comparaison de cette température aimable ! Port de

Vénus! ma foi! ce n'est pas toujours de Vénus
Commode! Quel pays! Si je n'étais pas ici pour
des raisons plus intimes et plus puissantes que le
plaisir (si vite épuisé, d'ailleurs,) de voir un pays,
comme je décamperais! mais, comme dit Satan
dans Milton :

Ce ne sont pas les lieux, c'est son cœur qu'on habite !

Aujourd'hui, allé, des livres à la fenêtre, lire
cette éternelle page bleue qui a un peu verdi, par
extraordinaire, ce qui tient sans doute au *voi-
sinage* d'un orage qui se moque de nous, car il
n'éclate pas, sur ses nuées mobiles, au haut des
montagnes. Tantôt les nuées sont plus bas que
les cimes, et puis elles remontent au-dessus. On
dirait de chaque montagne et de ces nuées, une
femme qui se coiffe avec son collier.
Journée oisive, pesante, physiquement inquiète.
— Ici on ne sent pas l'*esprit* en soi. Un gouvernement qui voudrait frapper d'imbécillité ses ennemis, n'a qu'à les *interner* à *Port-Vendres*. En
quelques années, ils seront stupides. — Écrit à
Paris. — Lu du *Dickens*; — toujours mécontent.
— On ne voit ici que *La Patrie* et *La Gazette du
Midi*, et *La Chambre littéraire* (quel abus de mots!)
est dans l'hôtel même que j'habite. — Ils ont
aussi *La Revue des Deux-Mondes*, mais je n'ai pu
mettre la main dessus; — les abonnés du salon
littéraire l'emportent probablement pour orner

l'esprit de leurs femmes. — Gagné l'heure du dîner. — Dîné. — L'orage est enfin venu après une attente de cinq jours, — tonnerres, mais trop lointains, — éclairs et pluies furieuses, pendant une heure. — Puis, la lune s'est levée dans le ciel purifié et nous avons pu respirer, à longue haleinée, pour la première fois depuis que nous sommes dans cette *asphyxie* perpétuelle qu'on a ici pour *atmosphère*.

Le lendemain. Au matin.

Ciel *lavé* et brillant sur nos têtes, avec une sombre bande noire sur la mer, au large, mais un soleil radieux sur les montagnes et la mer du Golfe, *verte, enfin !* — une dissolution d'émeraudes, faisant *précipité* dans une dissolution de saphirs. — La chaleur reprend avec la *fureur d'avoir été interrompue* par la pluie, et quoique l'air soit très vif, il n'y a pas de flot, mais des vagues menues comme des hachures et scintillantes comme les facettes d'une pierre précieuse. — Le bâtiment sur lequel nous devions nous embarquer pour Barcelone est parti.

Pas de nouvelles de Paris ! — Les nerfs très agacés et les mains fiévreuses, après déjeuner ; — je ne me sens pas bien. Cependant, ces dames disent que le temps est beau aujourd'hui.

Le soir du même jour.

Souffrant horriblement toute l'après-midi, je
ne suis pas sorti, et comme je ne reçois aucun
livre de Paris pour ma critique au *Réveil* ou au
Pays, j'ai repris mon *Château des soufflets.* —
Écrit deux grandes pages, — c'est ce que j'appelle le *fil de l'eau*. A présent, il faut faire comme
la chaleur de ce matin, *avoir la fureur d'avoir été
interrompu !*

Écrit et médité jusqu'au dîner, — abattu de
nerfs, mais relevé d'esprit, — pris du café pour
la *troisième fois* depuis que je suis dans ce pays.
— Parlé avec l'*Ange Blanc* de mon *Château des
soufflets*, mais le sommeil est venu bientôt lui
donner le sien, — une douce tape! — Rentré
chez moi, et lu toute la *Fiancée d'Abydos* avant
de me coucher. C'est un des poèmes de *Byron*
qui ont eu le plus de succès, parce qu'il y avait
de la tendresse, — sentiment qui ne dépasse pas
le niveau commun des âmes, — et de la *couleur
locale* turque et grecque : — quelle critique que de
dire *le mot* d'un succès ! — Pourquoi prétendent-
ils que Byron est immoral? Qu'est-ce que deux
ou trois plaisanteries, deux ou trois groupes ardents en comparaison de toutes les adorables
puretés de ses poèmes? Byron est peut-être le
plus grand poète des sentiments *désintéressés* et
chastes. *Zuleika*, c'est une sœur. Non content

des sentiments ordinaires de la vie, *Byron s'invente* des sentiments extraordinaires dans lesquels triomphe mieux que dans tous les autres la pureté de son génie, par exemple : la petite *Leïla*, dans le *Juan*, — et la dédicace de *Childe Harold*, à *Yanthé*. Il disait, dans son génie, ce que Jésus-Christ disait dans sa vie mortelle : *Sinite parvulos ad me venire*. — Qu'il le veuille ou non, qu'il l'ignore ou le sache, Byron, dans le fond de son âme, est un chrétien.

.   .   .   .

.   .   .   .

.   .   .   .

Mardi soir.

Voici un bel et bon *hiatus* de quelques jours dans ce *Memorandum*, qui sans mon sentiment pour l'*Ange Blanc* et le bonheur de la retrouver serait lui-même un *hiatus* dans ma vie. Qu'avons-nous fait ? Les mêmes choses, dans ce cercle de montagnes où la vie tourne en rond, plate comme une assiette ! — Cependant nous avons mis le nez hors de notre trou de rats. Nous sommes allés à B... par un vent atroce, qui a failli nous emporter et nous précipiter vingt-cinq fois. — La route comme celle de *Cospron*, avec une ou deux anses assez noires et assez mélancoliques.

34

— B..., plus pauvre, plus sale et plus *hutte de pêcheurs* que *Port-Vendres*, qui, du moins, s'il est encore dans l'*amnios* où nagent les bourgades qui doivent devenir des villes, a l'importance d'une forte position maritime et militaire. — Pris du café à la porte d'un cabaret, — joué avec les chiens et les ânes. Observé quelques jolis enfants en haillons qui nous regardaient avec les yeux lumineux et ronds de la surprise. — La côte plate, chargée de galets et sans grèves : — la mer sans grèves, c'est un lit sans tapis et un trône sans marches ; c'est une Royauté de plain-pied avec tout le monde. — Tout B... tiendrait dans une coquille d'huître à ce qu'il semble. — *Des Noires Terres* (m'ont-ils dit) a pu habiter là six mois. Il est vrai qu'il avait une femme avec lui, dont il cachait le nom dans son nom. — Avec une femme (je le sais, moi, en ce moment !) toute terre ne devient pas belle, mais indifférente ! — Vu l'Église qui valait le voyage, même avec le vent, — ce vent qui rend fou ! C'est une ancienne Église Romane. (Le *memorandum* d'à *côté* dit assez comme j'aime et pourquoi j'aime cette architecture.) — Petite, mutilée au dehors, et rajustée grossièrement avec des briques, elle est, en dedans, de cette beauté barbare, écrasée, mérovingienne, qui distingue les monuments d'une époque où les Francs se jetaient à plat ventre, eux et leurs framées, devant la majesté de Dieu ! Elle est sombre et saisissante comme une crypte,

très basse de voûtes, mais des voûtes hardies en
s'abaissant comme d'autres en s'élevant, — phénomène particulier de cette espèce d'architecture, — filtrant le jour par gouttes, à travers des
fenêtres étroites comme des meurtrières, ornées
de croisillons de fer. — Ai remarqué les fonds, en
pierre, d'une belle forme, dans leur naïve et rude
nudité. — Enfin ai reçu une très forte sensation
de tout cela.

J'ai vu aussi la mer, en dehors du Môle (un de
ces soirs), qui valait la peine d'être vue et qui
était non plus *eau de Golfe*, mais *eau de Mer*,
soulevée et panachant d'écumes les rochers de
derrière le Môle. Nous nous étions calfeutrés
entre les brisans du pied de la montagne du
Grand Phare, et nous avons pu nous enivrer de
ce bruit qu'on entendrait l'éternité sans dire :
« C'est trop ! » et sans souhaiter que cela finisse,
et de ces écumes, qui poudraient la tête noire
des rochers et venaient s'étaler, en tapis écla-
tants, sous nos pieds et à deux pouces de nos
pieds ! — Le jour mourait avec une virginale
pureté. — Il y avait de la houle au large, mais
la mer déserte : pas de voiles, ni goëlands, ni
mouettes, ni oiseaux quelconques, — le vide bleu
partout. — Ai voulu faire des vers et n'ai pas
trop mal commencé :

> *Brisez-vous, comme un cœur se brise,*
> *Aux pieds de celle-là qui peut briser les cœurs !*

Mais ces *dames* ont voulu partir et ma poésie s'est *brisée*. — J'ai sifflé et rappelé mon faucon avant qu'il soit monté dans la nue.

. . . .
. . . .
. . . .

FIN

TABLE

TABLE

. . . .

DU DANDISME
ET DE GEORGES BRUMMEL

Dédicace   3
Préface de la seconde édition   7
DU DANDYSME ET DE G. BRUMMEL . .   13
UN DANDY D'AVANT LES DANDYS . . .   101

MEMORANDA

Préface par Paul Bourget   133
PREMIER MEMORANDUM   153
DEUXIÈME MEMORANDUM   235

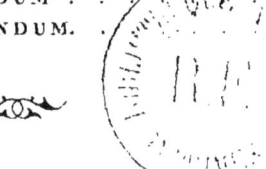

Achevé d'imprimer

Le dix-sept février mil huit cent quatre-vingt-sept

PAR

ALPHONSE LEMERRE

25, RUE DES GRANDS-AUGUSTINS

A PARIS